前世の記憶を
取り戻したので
最愛の夫と
離縁します
~悪女と評判でしたが天才治癒師として開花したら、
なぜか聖女が自爆しました~
高八木レイナ
ill. まろ

ラルフ・トーレ・フリーデン
フリーデン国の国王
類まれな魔力の持ち主
アシェリー・フリーデン
フリーデン王国の王妃
天才的な治癒と魔力制御の
能力がある

「な、治った？　水晶柱が……？
嘘だろ……」
フローラ
シュトバリアス地方にしか存在しない『精霊の涙』という宝石を守る精霊の民の族長
「お兄ちゃん、お姉ちゃん……
みんな……っ！」
少女精霊
自然から長い年月をかけて生まれる精霊

contents

前世の記憶を取り戻したので最愛の夫と離縁します

～悪女と評判でしたが天才治癒師として開花したら、なぜか聖女が自爆しました～

高八木レイナ

ill.まろ

第一話 ◆ 愛しているから、さよならを

ゆるく波打ちながら腰まで流れる赤い髪、きつめの眦《まなじり》と新緑のような瞳。王妃という立場に恥じない豪奢なドレス。まだ二十歳になったばかりの女性が目の前にいる。

アシェリーは鏡に映る自分の姿を見た時、思い出した。

この世界が前世で読んだ『星降る夜の恋人達』という恋愛小説の中だということを。

そして自分は夫であり国王であるラルフを苦しめて最後には処刑される毒婦アシェリー・フリーデンだったのだ。

「私はいったい、何を……」

手の中にあるのは香水を入れておく小瓶だ。中の液体は濁った紫色。先日裏稼業の男から購入した毒薬だった。

これを王宮に滞在しているラルフの親戚であるエルシー・ノリスに飲ませようとしたのだ。彼女がアシェリーの夫であるラルフに色目を使っていたから。

ラルフは今年で二十一歳になるフリーデン王国の王であり、『星降る夜の恋人達』のヒーロー役だ。ヒロインはアシェリーではなく、後に出てくる聖女だ。

アシェリーはただ二人の仲を引っ掻き回すだけの当て馬で、ラルフに嫌がらせをする性根最悪の悪女だった。

（この場に誰もいなくて良かった……）

引き出しの中に毒薬を入れて、鍵をかけた。後で誰もいない場所に埋めてしまおう。こんなものはあってはいけない。

「……私はとんでもないことを……しようとしていたのね」

そう悔恨の念を込めて、つぶやく。

このタイミングで前世の記憶がよみがえったのは幸いだった。

アシェリーが行った悪事は取り返しがつかないし、ラルフには当然憎まれているけれど、まだ誰も害していない状況は慰めにもなった。

アシェリーが卓上の鈴を鳴らすと、すぐに扉がノックされて開き侍女が姿を見せる。

「王妃様、お呼びでしょうか」

腰を落として指示を待つ侍女に、アシェリーは言った。

「離縁状を用意してちょうだい」

「は……え？　り、離縁？」

アシェリーの口から出てきた言葉が信じられなかったのか、侍女は聞き返してきた。

この国では離婚するためには夫妻とは別に司祭に署名してもらう必要がある。国王夫妻の離縁ともなれば総主教が認めたものでなければならないだろう。

（まぁ、私がサインした後でラルフが何とかするでしょう）

ほとんど形式だけのもので、宗教者が断った事例はほとんどない。それにラルフと総主教は旧知の仲だ。アシェリーが離縁状を渡せば、すぐに受理されるはず。

アシェリーは羽ペンでさらりとサインした後、それを軽く乾かしてから愛する夫のいる政務室へ向かう。

「陛下にお会いしたいの」

アシェリーがそう言えば、大きな樫の扉の両脇にいる衛兵達が『またか……』というような、うんざりした表情になった。彼らからしたら、たびたびラルフの政務を邪魔しにくる悪女にしか思われていない。

（本当に、よくこの状況で傍若無人に振る舞えたものよね……）

表立って反抗はしないものの、城内にアシェリーの味方は一人もいない。

夫であるラルフさえ――いや、彼らの主こそが最もアシェリーを疎んでいるのだから。

アシェリーは唇をきゅっと引き結ぶ。

（でも、これももう最後だから、許して欲しい……）

今のアシェリーにできることは、少しでも早く離婚してラルフを解放してあげることだけなのだ。

ノックすると中にいた王弟のクラウス・ファル・フリーデンが出てきた。彼はラルフの補佐をしている。政務中だったのだろう。

クラウスはアシェリーを見て一瞬顔をしかめたが、すぐに愛想笑いをした。ラルフに確認してから、すぐに中に通してくれる。

（これまでどんなに忙しい時でも、ラルフの都合なんて考えずに政務室にやってきては長時間居座っていたもの……クラウスの態度も当然だわ）

けれど、弱みを握られているラルフにはどんなに内心嫌がっていてもアシェリーを拒絶することはできない。だから、ますますアシェリーは高慢になっていった。

王弟が扉を開けてくれると、大きな窓を背にしたラルフが執務机に座った状態で、アシェリーに向かって言った。

「……何の用だ？」

顔さえ上げない彼にアシェリーは胸がツキンと痛くなる。けれど、そんなことをされても当然なほど、ひどいことをラルフにしてきた。

結婚して一か月になるのに、ラルフとは夜を共にしたことすらない。彼を脅して無理やり王妃の座についたのだから当然だ。夫から愛されない毒婦、それがアシェリーだった。

「国王陛下にご挨拶申し上げます。……お忙しいところ、大変申し訳ありません。こちらに署名をお願いしたくて、お持ちしました」

アシェリーが離縁状をそっとラルフの前に差し出すと、彼の動きが止まった。

紙を凝視している。

一秒、二秒、三秒、四秒、五秒……十秒ほど経ち、さすがにアシェリーも長すぎやしないかと心配になっていた頃、ようやくラルフは顔を上げてまっすぐにアシェリーを見つめた。

（彼が私の顔をまともに見たのは、いつぶりかしら……）

アシェリーはいつも彼に熱い眼差しを向けていたが、いつも視線が交わらなかった。こうして凝視されるのは久しぶりのことだ。

さらさらの艶のある黒髪、鋭い青色の瞳がアシェリーを捉える。高い鼻梁に、整った相貌。アシェリーより一つ年上の、今年で二十一歳になる帝国の若き獅子だ。

ラルフは離縁状を親指と人差し指でつまんで、アシェリーに尋ねた。

「これは何かの冗談か？」

「いいえ。冗談ではございません。どうぞ、お納めください。……これが私の、陛下への真心です」

「真心……？」

ラルフは疑わしそうな目でその紙を見ている。

「あとは陛下と総主教様が署名してくださるだけで良いんです。そうしたら、私と陛下は完全に他人です」

アシェリーの言葉に、ラルフは睨めつけるように見てくる。

「こんなもので俺の気を引こうとしても無駄だ。たとえ離縁したとしても、いくらでもお前は俺を言いなりにできるんだから。お前がまた再婚したくなればするだけだろう」

投げやりな中に諦観がにじんで聞こえるのは、ラルフはどうしてもアシェリーを拒否できないからだ。

ラルフは歴史上類を見ないほど強い魔力の持ち主だったが、力が強すぎて幼い頃からたびたび魔力暴走を起こしてしまうことがあった。そのせいで十年前に母親である王妃を殺してしまった。それゆえに父王からも冷遇されて生きてきたのだ。

そんな彼が十年前に魔力制御にかけては天才的な腕前を持つ治療師のアシェリーに惚れられてしまい、彼の魔力をコントロールすることを条件に結婚するようアシェリーに脅されたのだ。子供じみた独占欲を発揮し、嫌がる彼を無理やり婚約者にして言いなりにしようとした。

（……こんなの嫌われてもしょうがないわ）

前世の記憶が入ってきたから、アシェリーは客観的に己の状況を認識できていた。しかし感情は元のアシェリーのままなので、ラルフと別れなければならないことが分かっていても胸が引き裂かれるように辛い。自分の本音が『どうして彼と別れなきゃいけないの⁉』と喚いているような気がする。

（――それでも……）

アシェリーは深く息を吸ってから、声が震えないよう意識しながら言う。

「……私は再婚など絶対にいたしません。これまで陛下のご迷惑も考えずに、しつこく付きまとい、あげく脅迫のように結婚を迫ってしまい申し訳ありませんでした。幼い頃の暴言も謝罪いたします」

アシェリーが神妙にそう言って頭を下げると、ラルフはまるで鳩が豆鉄砲を食ったような顔をしていた。

ラルフはようやくこれが現実だと認識したらしい。戸惑いながらも、いつものような皮肉を忘れない。

「ほお。俺に言ったセリフをちゃんと覚えていたとは意外だな。お前はとっくに忘れていたのかと思っていたよ」

「……もちろん、覚えていますわ。今さら何を言っても信じてもらえないかもしれませんが、本当に……大変申し訳なく思っています」

アシェリーは母親を不運にも手にかけてしまったラルフに「私が魔力制御してあげなくても良いの？　そうじゃなかったら、あなたは周りの人をみんな殺してしまうかもしれないのに。あなたのお母様にしたみたいにね。それが嫌なら私の婚約者になりなさい」とラルフのトラウマを掘り起こして脅したのだ。

アシェリーは美しい見た目に反して性格が極悪だった。幼馴染のラルフに近付く者はいじめ抜き、彼が拒絶する素振りを見せたら力が暴走しそうになるギリギリまで助けない。そして「助けてくれ」と謝罪と懇願をさせるのだ。

アシェリー以外にも治療師はいたが、ラルフの力が膨大すぎて制御できない。アシェリーは自分以外に彼を助けられないと知っていて、わがまま放題してきたのだ。

嫌がるラルフに無理やり口付けしたり、好意を返してくれない彼にさんざん物をぶつけていたぶり罵った。そう、十年間も。

ラルフはアシェリーの真意を探るようにじっと見つめてくる。

そんな状況ではないのに、愛する彼に熱烈に凝視されて胸がときめいてしまう。

（未練なんて感じちゃ駄目よ……そんな資格もない）

相手の弱みにつけ込み、抵抗できないと知っていて自分の意思を押し通そうとするのは最低な行いだ。

別れを告げるのが本当に辛い。身が引き裂かれそうになるけれど、これまでアシェリーがした無情な行いや、これから処刑される未来を思うと、彼を解放してあげる以外の選択肢などなかった。

「……何を企んでいる？　俺の気を引こうとして、そんなことを言っているのか？　だったら無駄だ。どう謝罪されようと、俺がこの先、お前を愛することなど決してない」

冷たく吐き捨てたラルフの言葉が刃となってアシェリーの胸に突き刺さる。記憶を取り戻したから、誰よりその言葉が事実だと知っている。彼は聖女と結ばれるのだ。

「……存じております。もう愛して欲しいと望むことはありません」

アシェリーの言葉に、ラルフはぴくりと眉を上げる。

最大限の警戒を込められた青色の瞳を見て、アシェリーは微苦笑した。何を言っても信じてもらえないのだ。

（……もう疲れちゃった）

愛してくれない相手に愛を乞い続けることにも。

かつてのアシェリーは身勝手で、彼の気持ちを思いやれない非情な女だったが、確かに彼を愛していた。

（本来なら、この後に聖女が現れて彼の魔力暴走を救い、悪女だった私は悪事を暴かれて処刑されてしまうところだけれど……）

離縁して心を入れ替えるから、処刑だけは許して欲しい。

アシェリーは胸に手を当てて言う。

「ご安心ください。離縁しても、週に一度は治療のために足を運びます。もちろん事前に陛下のご都合をお尋ねしますし、もう二度と突然来訪するような無礼な行いもいたしません。謝って済むことではございませんが……どうか、これで今までの行いをお許しください」

深くお辞儀をしたまま頭を下げる。一秒、二秒、三秒と。

アシェリーの伏せた頭に声がかけられる。

「……それを信じろというのか？　離縁はこちらとしても願ったり叶ったりだが、後から反故にされても困る。それに勝手にどこかに行かれて俺の治療を止められても困るんだ」

「信じていただけないことは無理もありません。ですから誓約を結びましょう」

そう言ってアシェリーはもう一枚、紙を差し出した。

この世界では婚姻書類などの重要な契約は魔法紙に署名することで裏切れないようにしている。もしお互いの同意がなく契約を破れば、体が炎に焼かれるのだ。

ラルフはアシェリーが差し出した魔法紙を見て瞠目する。

「これは……！」

「これで私は逃げられません。必ず陛下の治療に馳せ参じるとお約束しますし、その証明になるかと」

　魔法紙には週に一度は治療にやってくると記載してある。それにラルフの不調の時はそれ以外の時でも無条件に治療すると。

　アシェリーはラルフの同意なく契約を破棄できない。

　ラルフは魔法紙に書かれた文章が信じられないようで、何度も試しに破ろうとした。だが傷一つつかないため、ようやく本物だと納得したらしい。

「……お前がそれで良いなら、そうしよう」

　戸惑い混じりの言葉に、アシェリーは安堵して微笑んだ。

　ラルフは困惑を隠せないでいる。

「しかし本当にそれで良いのか……？　誓約は絶対だ。一度結んだら、あとは祭司達にしか解除できない。まさか後で解除するつもりじゃ……」

　とにかく疑うラルフに、アシェリーは苦笑する。

「大丈夫です。原本は陛下が保管してください。それなら、私には手出しできないでしょう？」

　手元にあったとしてもアシェリーは契約を反故にする気などないのだが。

「……私が契約を守らないとお疑いでしたら、私が絶対に司祭に誓約を解除させないと魔法紙に書きましょう。ご安心ください。私が陛下を愛することは、二度とありません」

（――嘘だ。本当は、今でも愛している）

　心の中には今でもラルフがいた。けれど、それでも離婚はしなければならない。それがアシェリーにできる唯一の罪滅ぼしだから。

（……愛しているから、さよならを）

その言葉を飲み込んで、アシェリーは作り笑いを浮かべた。

◇◆◇

ラルフは政務室から出て行くアシェリーの後姿を見送ってから、はぁと重いため息を吐いた。

目の前には離縁状があり、アシェリーの筆跡で名前が記されている。

「クラウス、信じられると思うか？」

ラルフはそばにいた王弟クラウスに尋ねる。今年十八歳になったばかりの彼が首を振ると、さらさらの金髪が揺れた。

「いいえ、あのアシェリー様ですからね。何か魂胆があってもおかしくないでしょう」

「……だが、この誓約書は本物だ」

ラルフはその紙切れを再び破ろうとしたが、やはり傷一つつかない。

「いくらアシェリーでも、誓約を破ることはできない」

それに、先ほどの彼女からはこれまでにないほどの誠実さを感じた。――まるで別人のような。

「どうなさいますか？　離縁状を総主教様に渡してきましょうか？」

さっさと悪女アシェリーと離婚させたがっていたクラウスが、ウキウキとした様子で言う。ラルフは「いや……」と唸って、結局首を振った。

本来この国の宗教上では離婚はできない。

しかし白い結婚ならば話は別だ。ラルフとアシェリーが褥《しとね》を共にしていないことは使用人達なら皆知っている。彼らに証言させれば離婚はたやすい。そのはずだが、ラルフは気が進まなかった。

「なぜです？　ようやく、あの悪女から解き放たれたというのに……」

不満げな表情をしているクラウスに、ラルフは苦笑する。

「なんだか……どうも胡散臭いんだ。裏があるように思えてならない」

「やはり本当は破婚する気などないのに、陛下の気を引きたくてそうしているということですか？　アシェリー様は自分から離縁状を渡してきたくせに、いざ大司教様に提出したら陛下を責めるおつもりなのでしょうか」

クラウスの言葉に、ラルフは困ったような表情でこめかみを押さえた。

「そういう感じでもない気がするのだが……」

先ほどのアシェリーの言葉に嘘は感じられなかった。

それなのに素直に離縁状と誓約書をもらえたことを喜べないのは、この十年付きまとわれた経験からだろう。どうしても彼女の言動を信じ切ることができないのだ。急にこんなに幸運が巡ってくることが信じられない。昨日までラルフに付きまとっていたというのに……。

「良かったじゃないですか。振られて」

クラウスにそう言われて、ラルフはギョッとした。

「え？　俺は振られたのか？」

「そうでしょう。ようやくアシェリー様も陛下に飽きたのかもしれません。吉報です」

「飽きた……」

ラルフは呆然とつぶやいた。

確かに喜ぶべき事態のはずだ。この十年、彼女と離れたいと毎日思い続けてきた。いっそ死んで欲しい、とすら思っていた。

しかしラルフの魔力暴走を制御できるのは彼女だけだ。悔しさで血がにじむほど拳を握りしめながらも彼女の求めるまま結婚するしかなかった。「お前を愛することはない」とアシェリーに告げたのは、せめてもの抵抗だった。

けれど、なぜか胸の奥がモヤモヤとして気分が晴れない。これ以上ない幸運が舞い降りた日だというのに。

（いや……きっと、あの女が離婚しようと言い出したのは本心じゃない）

ラルフはそう判断して、クラウスに向かって言った。

「王妃にこれまで通り、護衛と見張りをつけろ。だが、決してアシェリーに知られるんじゃないぞ。毎日彼女の様子を報告するんだ」

クラウスは目を丸くしていたが、すぐに「承知しました」と言って命令を遂行するために政務室を出て行く。

ラルフは革張りの椅子にもたれて、深くため息を落とした。

(どこか目の届かないところに行かれては困るからな……)

彼女はラルフを癒すことができる唯一の治療師だ。それに、まだ王妃の座にいる。彼女の動きを把握しておきたいと思うのは当然のことだと、ラルフは思った。

第二話◆揺れる感情

ラルフと離縁してから、アシェリーは王都にある小さな治療院で働き始めた。

カーテンで仕切っただけの半個室で、アシェリーは患者のむき出しの胸をじっと見つめる。それによって滞りがある箇所が分かるのだ。

（……内臓にダメージがあるみたい。お酒の飲みすぎかしら？）

「デーニックさん、さては昨日酒場に行きましたね？　しかも、たくさん飲んだでしょう？　奥さんに禁止されているのに」

アシェリーが困ったような笑顔を向ければ、白髪の老人はカッカッと快活に笑う。

「アシェリーは何でもお見通しじゃな」

「そうですよ。治療師は何でもお見通しです。体内の魔力の流れを探れば、どこが悪いかすぐ分かりますから」

アシェリーはそう言った。

すべての人間には魔力があり、それがうまく循環することで健康を維持できる。

しかし年齢や生活習慣によって魔力は体内の色んな箇所に滞り、時間が経つとコブとなって不具合を生じさせてしまうのだ。治療師は万病を治せるわけではないが、多くの症状を改善することができる。怪我で血を流したらその箇所の魔力の流れを止めることで止血をしたりするのだ。

（前世でいう医者兼、整体師のような職業ね）

「これで大丈夫ですよ。気持ちよく歩けるはずです」

治療を終えたアシェリーがそう笑顔を向けると、簡易寝台から立ち上がったデーニックは「おお、ありがたい」と言いながら身を起こした。そのままシャツをまとう。

「でも私がしなくても、デーニックさんは自分で治療できるじゃないですか」

デーニックはこの治療院の院長だ。アシェリーは彼に雇われているのである。

「いや、アシェリーは本当に腕が良いからのう。おぬしに任せると、ずっと体調が良いんじゃ。アシェリーはワシが今まで見てきた中で一番の治療師じゃよ」

そう感謝されてしまった。アシェリーは目を丸くした後、「……ありがとうございます」と頬を緩める。こうして頼りにされることが嬉しい。

アシェリーがこの治療院で働き始めてから半年が経ち、今では色んな仕事を任されるようになっている。

「デーニックさんが私を雇ってくださったおかげですわ。……私の正体をご存じなのに」

アシェリーは神妙にそう言う。

デーニックはアシェリーの正体を知る数少ない人物だ。彼は前クロード公爵という高い身分にもかかわらず、領地経営を息子に譲ってからは王都で治療師として第一線で働き続けている。アシェリーが悪女と名高い前王妃と知りながら、身分を隠して働くのを許してくれていた。

（たまたまお店の前の求人募集を見て中に入ったら、デーニックさんがいたのよね。まさか下町で顔見知りに会うとは思っていなかったわ……）

二人は王妃と公爵だった頃に王宮で何度か顔を合わせたことがあったのだ。だから、こんな形で上司と部下という形になるとは世の中は本当に分からないものである。

「アシェリーが店の扉を開けて入ってきた時はビックリしたのう。『王妃が来た！』と仰天して膝をつこうとしたワシに『離縁してきました。私はもう王妃ではなく、ただのアシェリーなのでお気になさらないで。それより、こちらで治療師を募集していると書いてあったのですが……』なんて淡々と言うから」

デーニックの言葉にアシェリーの顔が赤らむ。

「あ、あれは……私も知り合いに会って混乱していたのです。とにかく何か言わねばと……」

しかし見た目には冷静な対応に見えたらしい。王妃教育がこんなところで生きるとは。

アシェリーは誤魔化すように咳払いして言う。

「でも、まさか採用してくださるとは思いませんでした」

元王妃だから気を遣われて王宮に戻るよう諭されるかと思っていたのだが。

「アシェリーのような才能を拾わない方が愚か者じゃよ。むしろ、ワシの方が良い刺激を受けさせてもらっておる。ずっとここにいて欲しいくらいじゃ」

胸の奥がじんわりと温かくなる。

「ありがとうございます、デーニックさん……そうおっしゃっていただけただけでも嬉しいです」

デーニックはアシェリーの手を握って、少年のように目を輝かせた。

「本心じゃ。おぬしのおかげで、どれだけの患者が救われたか。アシェリーが提唱した『医療衛生』という概念……これは医術革命と言っても良いくらいじゃ！」

この世界では医療衛生という概念が存在しなかった。汚れた手や器具で手当てや手術を行い、その結果感染症が広がって多くの人が亡くなるという悪循環。そのため戦場などでは半数近くの負傷兵が死亡するのが当たり前だった。

（まあ、前世でも近世ヨーロッパ時代はそうだったみたいだけれど……）

しかし不必要な死を目の当たりにするのが耐えられなくなったアシェリーは、前世の知識を使って医療革命を行ったのだ。

いくら治療師が施術をしても、衛生管理を徹底しなければ際限なく病人が増え、治る者も治らない。

そこで過去の戦争や国内の治療院での死亡者の統計を調べ、その結果をデーニックに伝えて『医療衛生』の概念を提案した。デーニックはアシェリーの考えを全面的に支持して協力してくれた。今や国内外の多くの治療院で衛生管理の意識が広がりつつある。

（医療衛生と言っても、やることは治療院を掃除して埃から細菌を広めないようにするとか、医療器具は消毒して他の患者にそのまま使わないとか、手をこまめに洗って清潔にするとか、現代では常識なことばかりだけれど……）

逆に言うと、それすらされていなかったのだ。いくら治療師が頑張っても患者が減らないはずである。

「治療院にやってくる患者達が無事に退院してくれることが、治療師であるワシの喜びじゃ。アシェリーが来てくれたおかげで、この治療院で悲しむ患者と家族が減った。本当に感謝している」

デーニックが優しく目を細めて、そう言った。

アシェリーも満面の笑みを浮かべる。

「……皆さんのお役に立てるのなら、これ以上の喜びはありません」

（王宮で暮らしていた頃は、こんな幸せがあるなんて思いもしなかったわ……）

自分の持つ力を振るって、堅実に生きていくことは予想外に楽しく充実していた。

前世も普通のＯＬとして生きていたから、王都で治療師として働くことに抵抗はなかった。

記憶を思い出さなければ、子爵令嬢で元王妃のアシェリーはプライドが邪魔して勤労などできなかっただろう。貴族は働かなくても生きていけることが見栄であり誇りだ。それに以前のアシェリーは自分の力を誰かのために役立てることに意義を見出していなかったから。

天才的な魔力制御の才能を持ちながら、アシェリーは己の力をラルフに使う時以外に活用してこなかった。ラルフに振り向いてもらうために美容には気を遣っていたものの、その力で他の誰かを助けようなんて考えたこともなく、人から感謝される喜びを知らなかった。

（お父様とお母様は「離縁されたのなら戻ってこい」と言ってくれたけれど……王都に残って良かった）

ラルフの治療のために王都から離れられなかったから、どうにか生きていく方法を見つけなければならなかったが、この治療院で働けて本当に良かったと思っている。

——その時、カーテンが開かれて褐色の肌の青年、サミュエル・ラダーが顔を出した。

「アシェリー！　それより、そろそろ昼休憩だろう？　近くに美味しい飯屋ができたんだ。一緒に行かないか？　って……じいちゃん、またアシェリーに治療してもらっていたのか」

サミュエルはアシェリーの先輩で、デーニックの孫だ。そしてラダー伯爵家の次男坊でもある。

アシェリーは申し訳なく思いながらサミュエルに首を振る。

「ごめんなさい。今日は午後から王宮に往診に行かなければいけないから、あまりゆっくりできなくて……」

「陛下のところへ行くのか？」

眉をひそめて尋ねるサミュエル。彼もアシェリーが元王妃なことを知っている。

「そうよ」

うなずくアシェリーに、サミュエルは顔をしかめる。

「離縁したなら、アシェリーがそこまで気を遣わなくても良いだろうに。他の治療師に任せてしまっても良いんじゃないか？」

サミュエルは不満そうだ。宮廷治療師がいるのに、なぜわざわざ元王妃のアシェリーが出向かねばならないのかと不思議なのだろう。

ラルフの魔力暴走のことは世間では知られていないし、それを制御できるのがアシェリーだけ

だと知っている者はわずかだ。

週に一度はアシェリーが魔力制御をしなければ、ラルフは周囲を無差別に攻撃してしまうか、発熱して倒れてしまう。

（……聖女が現れるまでは、これは私だけの役目だわ）

そこに、ほんの少しだけ優越感と独占欲を感じる。

聖女がいれば、アシェリーがいなくてもラルフを癒してあげることができるだろう。だから、それまでは。

黙り込んだアシェリーに何を思ったか、サミュエルが険しい表情で問いかける。

「アシェリー……もしかして、陛下とよりを戻そうとしているのか？」

アシェリーは苦笑して首を振った。

「……まさか」

そんな高望みはしていない。

（この治療師の力を使って多くの苦しんでいる人を救っていきたい）

それが愛する人を苦しめてしまったことへの懺悔であり、今のアシェリーの夢だった。

今はラルフの治療のために週に一度は王宮へ行かねばならないが、彼が聖女と結ばれた後は王都から離れて働き口を探そうと思っている。

（この治療院を離れるのは寂しいけれど……故郷に戻るのも良いかもしれないわ）

王都でラルフと聖女の幸せな生活の話を聞きながら働き続けることはできない。想像するだけでも胸が張り裂けそうになるから。

二人の邪魔はしないから、せめてラルフと聖女の話が届かない遠い場所に行きたかった。

——離縁して半年も経つというのに、アシェリーの心には未だに変わらずラルフがいた。

◇◆◇

ラルフは報告に耳を疑った。

「何度も聞くが……これも本当にアシェリーの話で間違いないんだよな？」

報告書は数枚でまとめられた薄い紙束だったが、ラルフが知らないアシェリーの話ばかりだ。

目の前にいるのは腰の曲がった老人——デーニック・クロード。前クロード公爵だった。

「何度もご報告いたしました通りです、陛下」

半年前——王宮から出て行ったアシェリーは街の小さな治療院で働き始めた。それがこのデーニックが経営する治療院だ。

彼の元でアシェリーが働き始めたのは偶然だったが、ラルフはデーニックとは旧知の仲だったので、月に二回ほど報告を上げさせることにしたのだ。

（最初は、どうせすぐ音を上げるだろうと思っていたのに……）

アシェリーは働いたことがない貴族の令嬢だ。周囲を見下す癖があり、その神がかった能力を人のために使うことを良しとしない女だった。少なくともラルフの知るアシェリーはそうだった。

それなのに、この半年の彼女の働きは目覚ましいものだった。

「……今でも信じられない」

ラルフはそう呻いた。

アシェリーが提言した医療衛生という概念は、戦時下の負傷兵の死亡率を半分に下げる革命的なものだった。アシェリーが作成した資料は、綿密な調査と統計をもとに作られたもので、初めて目にした時は『これは本当に、あの彼女が作ったのか？』とラルフは目を疑ったものだ。

その後、デーニックや軍医、宮廷治療師と話し合いを重ね、ラルフは軍会議で医療衛生の必要性を説いて医療衛生の意識を広めた。それはわずかな期間でも驚くほどの結果をもたらし、小さな怪我から破傷風になって亡くなる者が激減したのだ。

「……アシェリー様は素晴らしいお方です。彼女目当ての客で最近は店も繁盛していますよ」

デーニックの言葉を受け、ラルフは静かに報告書を机の上に置いた。

（……確かに最近はアシェリーの態度が変わった）

週に一度アシェリーは治療のために王宮にやってきていたが、治療で肌に触れる必要があるのに必要以上の接触を避けているようだった。

（これまでは必要もなくベタベタ触ってきていたのに）

それどころか義務的に会話をした後はさっさと帰ってしまうので、いつも拍子抜けする。

デーニックは穏やかな口調で言った。

「私もかつてアシェリー様の悪い噂は耳にしておりました。しかし私の目にはそんな悪い女性には見えません」

　ラルフは苦々しい表情になる。

「……人はそんなにたやすく変わるとは思えない。お前はアシェリーのことを深く知らないから、そう言うんだ」

　ラルフはそう突っぱねた。そうであって欲しいと願っていた。アシェリーにこれまでされたことは簡単には許せることではなかったから。

（十年だ。十年という長い年月、彼女を憎み続けてきたのに……）

　ラルフが頭を抱えて唸っていると、従者が新しい報告書を持ってきた。それはアシェリーに密かにつけている護衛からのものだ。

　ラルフは眉をよせて、従者に「この報告書にあるフィオーネ・ノイエンドルフというメイドを連れてこい」と命じる。

　間もなく怯えた様子のメイドがやってきて頭を下げる。

「お、お呼びでございますか、陛下？」

「お前、アシェリーに助けられたというのは本当か？」

　フィオーネはてっきり何か粗相して怒られるとでも思っていたのか目をぱちくりとさせて、うなずく。

「は、はい。先週、魔力暴走を起こして廊下で倒れてしまったところをアシェリー様に助けられました」

護衛の報告は事実だったらしい。

今までの彼女なら、ラルフがいくら臣下に優しくするよう注意しても『どうして私が下働きの者のために動かなければならないの？』と冷たく言い放ち、見捨てていただろうに。

黙り込んでいるラルフに、フィオーネはぽつりと言った。

「恐れながら……私はアシェリー様に助けていただいたお礼がしたいと思っております。あの時は、ろくに何も言えなかったので……」

「そうか……では、次に彼女が来た時に機会を設けよう」

ラルフがそう言うと、彼女はパァッと表情を輝かせた。

「陛下、ありがとうございます！」

フィオーネが立ち去ってから、ラルフはうなだれた。これ以上、アシェリーの功績を聞いていられなかった。

しかし、こうなってはラルフもデーニックの報告とメイドのフィオーネの証言を受け入れるしかない。

デーニックが言った。

「――人はそう簡単に変わるものではない。その陛下のお言葉には私も同意します。……けれど、もしかしたら、アシェリー様は変わろうとなさっているのかもしれません」

「アシェリーが変わろうとしている……？」

（そんなことありえるのだろうか……？）

ふいにアシェリーが王宮を去る時に言った台詞が脳裏をよぎる。

『私が陛下を愛することは、二度とありません』

（本当に……彼女は俺に心から謝罪して、過去を償うつもりでいるのか？　別人のように生きて……）

だから離婚して、ラルフに利しかない誓約を結ぼうとしたのだろうか。

あの時の彼女の態度には、これまでに感じたことがない誠意があった。それはラルフも気付いている。認めたくないことだったが、さすがにずっと見て見ぬ振りはできなかった。

（だとしたら……俺はこれから彼女にどう接していけば良いんだろう）

おそらくラルフの性格上、今までのようにアシェリーを憎み続けるだけということはできなくなってしまう。

自分の感情に戸惑いを覚えつつ、ラルフは初めてアシェリーに心を動かされるのを感じた。

第三話◆変化

王宮にやってきたアシェリーを迎えたのは、王弟のクラウスだった。

「こちらへどうぞ。陛下の元までご案内いたします」

「あ、ありがとうございます。わざわざ殿下が迎えに来てくださるなんて……」

戸惑うアシェリーに、クラウスは軽く笑う。

「丁重にお迎えせよ、と陛下のご命令ですので」

「そう……ですか。ありがとうございます」

会うたびに恭しい態度に変化していく王弟に、アシェリーは困惑していた。今日も、とても歓迎してくれているように見える。

(確か彼は私のことを毛嫌いしていたはずだけれど……)

親切にもラルフがクラウスにアシェリーを案内するよう命じてくれたのだろう。アシェリーは政務室の場所は何度も行っているから知っているが、ラルフの心遣いをありがたく受けることにした。

ふと、廊下の後ろでメイド達がヒソヒソと話している声が聞こえる。

「あの女……何しに来たのかしら？　陛下に捨てられたくせにね」

「陛下の優しさに付け込んで、まだ付きまとうなんて恥知らずだわ」

「エルシー様が次の王妃筆頭候補なんだから、邪魔しないで欲しいわね」

アシェリーが足を止めて振り返ると、焦ったようにメイド達がそそくさと去って行く。

（彼女達は確か……エルシー様付きのメイド達だったわね）

エルシーはラルフのいとこだ。隣国に嫁いだ前国王の妹の娘で、今年十八歳になる。今はこの王国に長期遊学中で、ラルフとは昔から仲は良い。

アシェリーは高慢な性格だったので王宮の人々から疎まれていたが、その中でもエルシー付きの侍女達には特に嫌われていた。エルシーがラルフに好意を抱いているから、侍女達も主に倣ってのことなのだろう。

（私はエルシー様を殺そうとしていたのよね……）

毒でラルフのいとこを排除しようとしていたのだ。凶行に及ぶ前に記憶を取り戻せて心底良かったと思う。

「申し訳ありません。管理が行き届いておらず……」

苦々しげな表情で、クラウスはそう口にした。

アシェリーは苦笑を浮かべて首を振る。

「いいえ、気にしておりませんわ。むしろ、私はそう言われても仕方がないような振る舞いをしておりましたから……彼女達を咎めないであげてください」

そう言うと、クラウスは瞠目した。

（昔の私は本当にひどかったわ。エルシー様に嫉妬して、彼女を毒殺しようとしていたんだから……）

いくらラルフを愛しているからといって、恋敵を殺して良いはずがない。

もっとも原作では毒殺は失敗して、アシェリーは悪事がバレて投獄されることになっていたのだけれど。

（……私はもう誰も害したりしないわ）

「……アシェリー様はお変わりになられましたね」

ぽつりとつぶやいたクラウスの言葉に、アシェリーは微苦笑する。

「だったら、嬉しいですわ」

同じ態度を繰り返していたら懺悔にならない。

たとえ愛するラルフとエルシーが婚約したとしても、アシェリーは黙って見守るだろう。

（まぁ、陛下は聖女様と結ばれる運命だから、エルシー様も私も失恋してしまうのだけれど……）

そう思うと不思議と仲間意識が湧いてきてしまうのだが、エルシーからしたら良い迷惑だろうな、とアシェリーは内心苦笑した。


クラウスに導かれて政務室に入ると、アシェリーはスカートを持ち上げてラルフに礼を取る。

「国王陛下にご挨拶を申し上げます。ミレー子爵の娘アシェリーが参りました」

離縁したので旧姓を名乗った。

「あ、ああ……お前か」

ラルフは執務机から顔を上げると、戸惑いを含む眼差しでアシェリーを見つめた。

「そこに掛けてくれ。今お茶を用意させる」

「ありがとうございます。ですが、お気遣いは不要ですわ。私はお客としてではなく、治療師の仕事としてやってきただけですので長居するつもりもありませんから」

アシェリーは驚きつつも、そう言って微笑む。

（施術が終わったら、すぐ帰りましょう。陛下は私の顔なんて長い時間見たくないでしょうから……）

社交辞令で誘ってくれたのだろうが、お茶など一緒にしては逆に迷惑だ。

しかし、ラルフは焦ったように首を振る。

「いや、治療師としてやってきてくれたのだから俺がもてなすのは当然だ。施術が終わったら一杯くらいは付きあってくれ」

そう乞われてアシェリーは困惑しつつ「分かりました」と、うなずく。

（いったいどうしたのかしら……？）

離縁してから半年。週に一度は施術に来ているから、もうこうして会うのは二十四回になるだろうか。その間、お茶に誘ってくれることはなかったというのに。それ以前の十年間でも皆無だ。

（まぁ、一杯くらいは良いかしら……。雑談しつつ、もっと詳しく体調について聞いてみましょう）

じきに聖女が現れるはずだ。そうしたらアシェリーもお役御免になる。

（できれば、その前に治療の間隔を空けられるようにしておきたい……二人がくっついている姿を見るのは嫌だもの）

今はラルフの魔力も安定しているから、一週間と言わず二週間ほど診察日を延ばしても問題はなさそうに見える。その辺りもラルフの体調を見ながら相談していきたかった。

「では上着を脱いでください」

アシェリーがそう言うと、ラルフはゆっくりと金銀の刺繍がほどこされたコートを脱いだ。

「……シャツも、です」

できるだけ動揺を隠しつつ、アシェリーはそう言う。

衣ずれの音と共にラルフがタイを外し、はだけたシャツから程よく筋肉がついた胸元が覗く。そのままスルリとシャツを脱いでラルフはソファーに腰掛けた。

アシェリーはできるだけラルフの方を見ないようにしながら、詰めていた息を吐く。

毎回のことながら、彼に服を脱がせる行為に羞恥心が沸き起こってしまう。

（これは医療行為……医療行為……）

煩悩を排除するようにアシェリーはこめかみを押さえながら脳裏で呪文を唱えた。

他の患者達ならば目の前で下半身を剥き出しにされても冷静に対応できるのに、ラルフに関し

ては上半身だけでも無理だ。

しかも、以前はこの状態の彼の体を心ゆくまでベタベタと嫌がられようが触っていたのである。

(死にたい……完全に痴女だわ)

その時の虫けらでも見るようなラルフの表情を思い出して、すっと頭が冷える。男女逆にして考えてみれば、どれだけの迷惑行為か分かる。もはや関係は修復不可能だ。

アシェリーは深く息を吐いて、できるだけ肌に手が触れないように心がけながら目を閉じる。

「……よどみはありませんね。体調も良いようです」

ラルフも少し緊張しているのか鼓動が速いようだ。そんなことまで魔力の流れで分かってしまうのである。

(本当は手が触れている方が効率良いんだけど……)

実際、治療院に来る患者に対してはそうして施術しているのだ。

けれど、ラルフに対してそれができない。これ以上嫌われたくないから。本当は服も着ていてもらいたいが、それはさすがのアシェリーにも難度が高すぎる。

「……もうベタベタ触ってこないんだな」

突然からかうように言われて、アシェリーの頬が熱を帯びる。

「そっ、そんなの、当たり前です……！　離縁したんですから」

慌てて言ってしまったのは、先ほどの邪な感情を見透かされたようで怖かったからだ。

「もう赤の他人……いえ、国王と臣下なのですから。主君に無断で触ったりしません」

「だが、宮廷治療師達は遠慮なく触ってくるがな」

「そうしないと治療できないからでしょう。私は触れなくても問題ありません……私は二度と陛下を苦しめないと誓いましたから。そもそも陛下は他人にあまり触れられたくないのでしょう？」

「知っていたのか？」

　アシェリーの言葉に、ラルフはぴくりと眉を上げる。意外そうな表情をしていた。

　アシェリーにだけではない。他人に触れることも触れられることも抵抗感があるのか、着替えも侍女や従者に手伝ってもらうことなく一人で済ませてしまう。たまたま誰かと肌が触れることがあると顔が強張っていた。

（おそらく、十年前のお母様の死の影響なのでしょうけれど……）

　それで他人に接近することを恐れているのだ。そばにいたら魔力暴走に巻き込まれてしまう可能性があるから。距離が近ければ近いほど命に関わる。

「……知っていました。それなのに何度も触ってしまって、申し訳ありません……」

　ラルフの心の傷をえぐって、なおも気にせず自分の思うままに振る舞ってきたのだ。あまりにも心苦しくて頭が自然と垂れてしまう。

　ふと視線を感じて見上げると、ラルフがアシェリーをじっと見つめていた。まるで初めて何かを見たというように。

「いや……俺の責任もある。トラウマは克服すべきだと分かっているんだ。俺は国王なのに、このままじゃ妃にも触れられないから」

妃、という言葉に胸がズキリと痛む。それはアシェリーのことではなく後の聖女のことだ。

だが、アシェリーはとびきりの作り笑いを浮かべた。

「大丈夫です。陛下が恐れているようなことは起こりません。――いえ、起こさせません。私が陛下の治療師である限りは」

なぜかラルフはまぶしそうに目を細めて、ぎこちなく目を逸らす。落ち着かないように少し赤くなった首を掻いた。

「……信じて良いのか？」

「もちろんです」

アシェリーはそう言うと、そっと手を離した。

「幼い頃に魔力暴走を起こしてしまったのも陛下のせいではありません。……魔力が多い人ならば誰だって暴走してしまう危険性はあります。むしろ責任を問われるべきなのは治療師の方でしょう。もしもこれから先、陛下が暴走してしまうことがあったとしても、それは私の咎です。陛下のせいではありませんから、それをお忘れにならないでください」

アシェリーはそう穏やかな口調で言う。

魔力の暴走を防ぐためには精神の安定が重要だ。十年前はラルフも幼く己の心の制御ができなかったのだろう。アシェリーはずっと苦しみ続けている彼を解放してあげたくて、そう言った。心のつかえがなくなれば、ラルフも楽になるはずだ。

ラルフは一瞬口を引き結び、じんわりと目が潤む。何かに耐えているようだった。

「……優れた治療師は患者の心も救う、か……聞いていた通りだな」

「陛下？」

「俺も考えを改めよう。本人が努力すれば変化するものはあると」

全て施術が終わると、ようやく落ち着いたようにラルフは深く息を吐く。

「……ありがとう」

「いいえ」

（今は週に一度の往診だけど……陛下のお体もどんどん安定しているようだから、二週間に一度にしても良いわよね）

ラルフもアシェリーの顔を見なくて済むならその方が気楽だろう。お互いのためにもそちらの方が良い気がした。

「前より魔力が安定していますし、施術の間隔を空けても大丈夫だと思いますよ。次から二週間後にしましょうか？」

「それはダメだ……っ！」

アシェリーの言葉に間髪を容れずラルフが声を上げる。

突然大声を出されてアシェリーはビックリしてしまった。凍り付いているアシェリーを見て、ラルフは慌てたように言いつくろう。

「い、いや……大声を出してすまない。まだ、そんなに期間を空けるのは不安だから」

そうゴニョゴニョと言い訳されて、アシェリーは首を傾げつつも受け入れた。

「もちろん、陛下がお望みならそういたします。ご安心ください」

「ああ、そうしてくれ」

その時、メイドがワゴンにティーセットを載せてやってきた。

「紅茶をお持ちしました」

彼女はなぜかラルフに目配せした後、アシェリーに向かって深く頭を下げる。

「こ、こんにちは。私を覚えていらっしゃいますか？」

「あら……？　あなたは……」

どこかビクビクしている彼女は、かつてのアシェリーの侍女だ。

(確かフィオーネ・ノイエンドルフという名前だったはず……)

そして先週、ラルフの元へ施術に来た帰りに魔力の暴走で倒れていた彼女をアシェリーが介抱した記憶がある。

「あの時は助けてくださり、ありがとうございました！」

再び深々と頭を下げるフィオーネに、アシェリーは微笑む。

「いいえ、私は当然のことをしただけよ。お元気になられて良かったわ」

メイドはアシェリーの優しい言葉に、驚いたように目を丸くしていた。これまではメイド達にさんざん偉そうな態度に接していたから当然だろう。

(なるほど。陛下は私に彼女を会わせるつもりでお茶に誘ってくれたのね)

アシェリーはそう納得する。

その時、ふと脳裏に原作のシーンが浮かんだ。

（ああ、そういえば……フィオーネも原作に出ていたわね）

それを今ようやく思い出した。

確か、彼女は魔力暴走を起こして王宮で亡くなったのだ。

ラルフに『お前ならどうにかできるだろう。助けてやってくれ』と頼まれてもアシェリーは見殺しにした。それが、ますますラルフの態度が硬化していく原因になったのだが……。

（……あの時のシチュエーションだったのね。知らなかったけれど、助けることができて本当に良かったわ）

未来の自分の愚かな行動を清算できたことに安堵する。本当にギリギリのところだった。アシェリーがたまたまフィオーネを見つけていなければ、最悪の事態に陥っていたかもしれないのだ。

（もっと原作を細かく思い出さなきゃいけないわね）

アシェリーは紅茶を飲み終えると、立ち上がりスカートを少し持ち上げてラルフに礼をした。

「美味しいお茶をありがとうございました。それでは私はこれで失礼いたします」

「……もう帰るのか」

少し残念そうなラルフの言葉に当惑する。

「え……っ」

（もう他に用事はないはずよね……？）

「いや、じゃあ城の出口まで送って行こう」

「あ、いえ……！　ここで結構ですので。お忙しい陛下のお時間をいただくわけには……」

「良いから」

よく分からない押し問答に負けて、アシェリーは見送られることになってしまった。

その時、壁際で控えていた従者がラルフの元まで寄り、何かを耳打ちする。ラルフの表情がゆがみ、その後に驚いたように目を剥いた。

「どうかなさいましたか？」

そう尋ねると、ラルフは首を振って「いや……行こうか」とアシェリーを促した。

廊下を歩きながら、ぽつりとラルフは口にする。

「——先ほど従者から聞いたのだが、エルシーのメイドに陰口を叩かれても、彼女達をかばったらしいな」

「それは……」

言いよどむアシェリーに、ラルフは微笑む。

「こう言っては気を悪くするかもしれないが……、以前のお前は下働きの者の体調を気遣うことはなかった」

（……これまでは、陛下以外に興味がなかったから……）

周りがどうなっても構わないから、誰かが魔力暴走を起こしても放っておいたのだ。

同じ部屋で倒れたメイドがいたとしても、冷たい目で『邪魔よ。どこかに連れて行って』と言い放つような女。

（……私、本当に最低だったわ）

かつての自分を考えると、頭を抱えてしまいたくなる。悪女にふさわしい振る舞いしかしてこなかったのだ。処刑されても仕方ない。

「……街でのお前の噂も聞いている。皆に好かれていて、とても評判が良いらしいな」

ラルフの言葉に、アシェリーは目を瞬かせた。

「いっ、いえ、そんな……」

（まさか彼の耳にそんな話が届いているなんて……）

困惑と喜びが襲ってきて、アシェリーは首を振る。

「皆さんに良くしていただいて、とてもやりがいがあります」

「そうか……」

ラルフはアシェリーが向けられたことがない優しい眼差しをしていた。それにドキリとする。

この半年、少しずつラルフの態度が変わってきているのを感じていた。

（良かった……少しは罪滅ぼしになっているかしら？）

ラルフは聖女と結ばれて、アシェリーは処刑される。その未来を知っていても、やはり彼に憎まれ続けるのは嫌だ。好かれることは無理でも、せめて嫌われずにいたい。

廊下の角を曲がろうとした時、前方からエルシーが侍女を引き連れて歩いてくる姿が見えた。

「あら、陛下。ご機嫌麗しゅうございます」

「ああ」

エルシーが満面の笑みで挨拶するも、ラルフはむすっとした顔をしていた。

その様子にアシェリーは首を傾げる。

まるで、彼が大事な話を邪魔されている時のような表情をしていたからだ。

（以前は、その顔を向けられていたのは私だったけれど……今日はどうしたのかしら。陛下はご気分が良くないみたい）

エルシーはラルフに歩み寄ると、アシェリーに見せつけるように彼の胸にしなだれかかる。

「陛下、新しい香水をつけてみましたの。どうかしら？　似合います？」

あからさまに挑発するようにアシェリーを見てくる。

アシェリーが冷遇されていることを知っていて、エルシーはこれみよがしにラルフとの仲を見せつけてくるのだ。滞在期間中ずっと。

（ああ……またか）

これまでだったらアシェリーは激怒してエルシーに突っかかっていた。しかしラルフがエルシーをかばうので、さらに怒り狂ったアシェリーがラルフに意地悪なことをして彼に嫌われるという悪循環。

それを思い出してアシェリーは顔をしかめる。

（……彼は触られるのが嫌なのに）

しかし、ここでアシェリーがエルシーの行為を咎めると、後々面倒なことになりそうである。

少なくとも『離縁した妃のくせに』と陰口を叩かれるだろう。

（でも、放っておけないわ）

「エルシー……」

アシェリーが眉を寄せて彼女の行為をやめさせようとした時――。

ラルフはエルシーの身を素早く引き剥がした。

「エルシー、私は忙しい。匂いを確かめてもらいたいなら他の人をあたってくれ」

そっけなく言われて、エルシーがぽかんとしている。

（あ、あれ？　これまでの彼なら『うん、悪くないな』くらいは笑顔で言ったと思うけれど……）

触られるのが嫌でも、表面上取り繕えるくらいの社交力はあるのだ。

困惑しているアシェリーの手を取ってラルフは進もうとする。

（ええ!?　手……手が……）

つい触れられている手を凝視してしまう。

「あ、あの……」

戸惑っているアシェリーにラルフは言う。

「行こう」

（良いのかしら？　エルシー様を放っておいて……）

ラルフに手を繋がれて歩きながら、アシェリーは気になって背後を振り返る。

するとＵ、うつむいて震えていたエルシーがキッと睨みつけてきた。

「……廃妃のくせに」

ボソリとつぶやいたそのエルシーの声は、予想外に廊下に響いた。

その場で凍り付いた侍女達は一人や二人ではない。アシェリーもそうだった。そして、なぜかラルフも。

「まだ陛下に付きまとうなんて、どれだけ恥知らずなのかしら」

まだ言い続けるエルシーを止めたのは、ラルフの氷のような声だった。

「エルシー」

突然声色が変わったラルフに、エルシーはビクリと肩を揺らす。

ラルフは大きくため息を落とした。

「叔母上に頼まれていたから多少のことは大目に見ていたが……やりすぎだ。もう隣国に帰れ」

「えっ、そんな……陛下……」

エルシーはショックを受けたのか、ひどく青ざめている。

「アシェリーは俺に付きまとっているわけじゃない。俺が頼んで王宮に来てもらっているんだ」

「え……？」

ざわりと周囲に戸惑いが広がる。

皆アシェリーが治療師としてやってきていることを知らない。ラルフの魔力暴走のことは周囲に知られては困るから伏せられているのだ。

だから皆はアシェリーがラルフに付きまとっていると思い込んでいたのだろう。

「……行くぞ」

「あっ……、は、はい。陛下……」

アシェリーは迷ったが、ラルフに手を引かれるまま後に続いた。

今エルシーに声をかけても彼女の怒りに油を注ぐだけだろうと思ったから。

王宮の正面扉の前で、ラルフは足を止める。

「後は護衛に治療院まで送らせよう」

「い、いいえ、お気遣いなく」

「いや、そうはいかない。一人で帰るのは危険だ」

（……離縁した妃なんて放っておけば良いのに、義理堅い方だわ）

そう思いながら、アシェリーは繋がれたままの手をじっと見つめた。

するとようやく気付いたようにラルフは手をパッと離す。急に彼の顔が紅潮した。

「あの……お手を」

（気付いていなかったの……？）

お互いどこか落ち着かないようなしぐさで辺りを不自然に見回した。変な空気になってしまっている。

（何これ……？）

顔が熱くなっている。

何だか意味不明にドギマギしながらも、アシェリーはラルフのことを心配してしまう。

「あの……差し出がましいようですが、あのような言い方をされると周囲から誤解されてしまいますわ」

「言い方？」

「その……『俺が頼んで来てもらっている』とか……」

思い出して顔が赤くなる。

治療師としてやってきているわけだし、ラルフの言葉が完全に間違っているわけではない。

しかし、アシェリーがラルフの施術にやってきていることは伏せられているのだから、周りからは男女の意味に捉えられてしまうだろう。

（もうすぐ聖女様が現れる時期なのに、彼女に誤解されたら困るわ……）

「その通りだろう。お前は俺を治療するために来てくれているんだから。それを周囲にも知らせるべきだ」

アシェリーは慌てて首を振った。

「それはいけません。陛下の体調のことを周りに知られては、その弱みに付け込まれてしまいます」

一番彼の弱みに付け込んでいたのはアシェリーだ。説得力があるに違いない。

しかしラルフは躊躇っている様子だ。

「だが……」

しつこく言い寄る女だと馬鹿にされている現状をラルフはなんとかしたいと思ってくれたのだろう。

その心遣いに胸の奥が温かくなる。

「……私は陛下のお気持ちだけで十分ですから」

そう言ってアシェリーが微笑むと、ラルフは目を見開いた。そして、ふいっと顔を背ける。なぜか頬が赤く染まっていた。

その後、アシェリーは風の噂でエルシーが隣国に戻ったことを知った。

第四話◆嫉妬

それから一か月ほど経った頃――。

「知っているかい？　聖女様が現れたんだって」

そう治療院で患者に話しかけられて、アシェリーは「そうみたいですね」と苦笑いする。

もう今日だけで、その話題を出してくる患者は五人目だ。神託によって、シュヴァルツコップ侯爵の養女であるアメリアが聖女に選ばれたのだ。

「すごい神聖力の持ち主らしいね。魔力コントロールが得意で、邪気を祓《はら》うのもお手の物だとか……」

アシェリーは前世、本で読んだ聖女アメリアの境遇を思い返しながら言う。

（陛下と運命的な恋に落ちる女性か……）

アシェリーはズンと落ち込んでしまった。

もう二人は恋に落ちてしまっているだろう。王宮では盛大に彼女をもてなすためのパーティが行われていた。

（いよいよ悪女は退散しなくては……）

アシェリーは患者を見送り、窓に打ち付け始めた雨粒を見つめて、ため息を落とした。

雨の日の客足は伸びない。午前は予約客、午後は当日客で賑わう治療院は、その日は昼頃から雨が降り出したことで、久しぶりに静かな時間が流れていた。

雨音を聞きながらカルテを記入していると、来客を告げる戸口の鐘が鳴る。

「あっ、いらっしゃいませ！」

下っ端のアシェリーは真っ先に入り口に向かうことにしている。

入り口には見知った相手が立っていた。ラルフだ。

「へ、陛下……!?　どうして、ここに……？」

アシェリーは困惑しながら、タオルを手にして彼の元へ向かう。雨のせいでラルフの髪や肩は少し濡れてしまっていた。慌てて彼にタオルを差し出す。

ラルフは遠慮がちな笑みを浮かべてタオルを受け取り、頭にかぶる。

「ちょっと用があってな……そのついでに寄ったんだ。今日は何だか調子が悪くてな。いつも来てもらっているから、たまには俺が足を運ぼうと思ったんだ」

アシェリーは大慌てだ。

「そんな……お呼びくだされば伺いましたのに。馬車でいらっしゃったのですか？」

「ああ、表に停めてある。自分だけ特別扱いはさせられない。他にもお前の治療を望んでいる者はいるのだから」

「しかし、陛下は特別扱いされるべき人物です……」

「ならば訪問料を払おう。お前はいつも治療費を受け取ろうとしないからな」

「それは……その、これまでのお詫びですので受け取れません」

アシェリーは首を振ったが、ラルフも譲らなかった。

「それとこれとは別だ」

「しかし……」

「だったら、せめて俺も普通の客と同じようにこの治療にやってきて順番を待とう」

とラルフは頑なだ。

「そんな……っ！　それはいけません」

さすがに毎週国王を街の治療院に通わせるわけにはいかない。

慌てるアシェリーに、ラルフはニヤリと笑う。

「仕事には対価を払うものだ。また王宮に来てくれた際には訪問料を払わせてくれ。でなければ、俺がここに通う」

アシェリーはラルフの押しに負けて、治療費を受け取ることを了承した。

その時、奥からサミュエルがやってきた。

「アシェリー、お茶でもしようぜ……って、患者さんが来ていたのか。そこに突っ立ってないで、部屋に案内したらどうだ?」

どうやらサミュエルは相手が国王だということに気付いていないらしい。タオルで顔が隠れていたせいだろう。

「あっ……、そ、そうね。こちらへどうぞ」

アシェリーは奥に案内しようとする。

「アシェリー」

ラルフに声をかけられて振り返ると、彼はむっとした表情だった。

「どうかしましたか？」

「いや……」

何か言いたげであったが、ラルフは首を振る。アシェリーは首を傾げた。

「では、服を脱いでこちらに横になってください」

簡易ベッドに仰向けに寝転んでもらって施術を始める。確かに今日の彼の魔力はうまく循環していないようだった。といっても、このくらいならば軽い疲労と言える程度だ。

「少し疲れていらっしゃるようですね。でも、しっかり休息を取ればすぐに回復するでしょう」

「……そうか」

アシェリーは微笑んだが、ラルフの表情は晴れない。

「どうしました？　もしかして聖女様のパーティで忙しいのでしょうか？」

アシェリーの気遣いに、ラルフは「いや」と首を振る。

「確かに忙しいが、それはどうでも良いんだ」

(どうでも良い？)

ラルフの口から出てきた言葉に、アシェリーは耳を疑う。

(いえ……相手は聖女様だもの。近い将来、彼と結ばれることになる。もうすでにお互い惹かれ合っているはずだから、どうでも良いはずがないわ。きっと私の聞き間違いね)

アシェリーはそう結論付けて、ラルフの話の続きに耳を傾けた。

ラルフがなぜか言いにくそうに話す。

「その……先ほどの彼は……お前のことをアシェリーと呼び捨てにしていたが……」

突然の話題に、アシェリーは目を丸くする。

「え？　ああ、サミュエルですね。私の先輩なんです。この治療院の院長のデーニックさんの孫で……」

「……ああ。そういえば話に聞いていたな」

（話に聞いていた……？）

アシェリーは彼に話したことはない。

（デーニックさんもサミュエルも貴族だから、彼とは顔を合わせたことがあってもおかしくないけれど……）

ラルフは渋面で言う。

「呼び捨てを許すのはどうかと思うが……」

アシェリーは困惑した。

「しかし、私はもう王妃ではありませんから。身分だけで言ったらサミュエルは伯爵令息で、私は子爵家の娘です。職場でも先輩と後輩なので、私が敬うのは当然かと……」

「しかし、それでも年頃の女性に……」

まだ不平を漏らしているラルフを、アシェリーは不思議な気持ちで見つめた。何がそんなに不満なのか分からない。

「もしかして心配してくださっているのですか……？」

アシェリーの問いに、ラルフは気まずげに視線を逸らして黙り込む。

サミュエルは軟派な態度のせいで誤解されやすいが、実際はかなり真面目だ。きっとラルフも話せばそれが分かるはず。

「……サミュエルは良い人ですよ。デーニックさんも、サミュエルも私が悪女だと知っても優しくしてくれる方達ですから」

「……悪女、か」

ラルフは暗い表情でつぶやいたきり、黙り込んでしまった。

そうすると、急に外の雨が部屋を押しつぶそうとしているように感じられた。なんだか空気が重くて、アシェリーは当惑する。

「……陛下？」

「ラルフ」

「えっ？」

「ラルフと呼んでくれ。離縁する前は、そう呼び捨てにしていたじゃないか。それなのに急に『陛下』と呼びかけられたら距離を感じる」

（え、ええ？　良いのかしら……？）

アシェリーは戸惑いながらも、「ラルフ……」と口にした。

以前は呼び捨てにしていたのに、なぜか改めて呼ぶと恥ずかしくて顔が赤くなってしまう。

それを見たラルフは急に機嫌を直したようで、立ち上がってシャツをまとった。

「そろそろ帰る。長居して悪かったな」

「いえ、他に患者もいませんし、お気になさらず」

アシェリーはタオルを受け取って、笑みを浮かべる。

ラルフはどこかぎこちない視線で、アシェリーを見つめて言った。

「そうだ、二か月後に魔物討伐に行くことになっているんだが……」

「ええ、存じております」

それは毎年秋に国王が行っている軍の行事だ。魔物達が冬眠に入る前に森に食料がなくなると人里を襲うようになってしまう。それを防ぐために数を減らすのだ。

（確か聖女様と一緒に向かうことで仲を深めることになるのよね……）

アシェリーは原作ではまだ王妃だったが、エルシーの毒殺未遂容疑で幽閉されていたので毎年随行していた魔物狩りに付いて行けなかった。その穴を埋めるために聖女が付いて行き、ラルフとの距離を縮めることになるのだ。

「その魔物狩りに、アシェリーも一緒に来て欲しいんだ。できれば医療班の指揮を頼みたい」

「えっ、私が……ですか？」

アシェリーは落ち着きなく視線をさ迷わせた。

（え？　いったいどういうこと？　悪女の私が同行するなんて……エルシー様を殺さず彼と離縁

したから、原作と流れが変わったの……？）

　アシェリーは内心ひどく取り乱しながらも、表面上は冷静に振る舞う。

「しかし、聖女様がいらっしゃるのに私など……」

「聖女？　どうしてここに聖女が出てくるんだ？」

　ラルフは意外な言葉を聞いたとでも言うように目を丸くしている。

「えっと……てっきり聖女様が一緒に行かれるのかと思っていたので……」

　アシェリーはしどろもどろになる。

　ラルフは首を振った。

「いや、そんな話は聞いていない。まあ聖女が随行したいと言うなら拒否はしないが……しかし神殿がそれを許すかどうか」

「え……？」

　何だか話が噛み合わなくて、アシェリーは混乱する。そして必死に原作を思い出そうとした。確か今は王宮に滞在している頃のはずだ。

「聖女様は王宮にいらっしゃるのではないのですか？」

「いや、彼女は神殿が預かっている。俺は会話もほとんどしないまま引き渡したから、どんな性格なのかも知らないな」

　アシェリーは耳を疑った。

（神殿が預かっている⁉）

そんなシーンは原作にはなかったはずだ。確かラルフの強い希望で、アメリアは王宮に滞在することになっていたはずなのに……。

狼狽しているアシェリーにラルフは「何か気になることがあるのか?」と不思議そうに尋ねてくる。

「い、いえ……別にそんなことはないのですが……」

そう答えるのが精一杯だった。

「お前以外に俺の治療師はいない。王都を離れている間に魔力が暴走してしまったら困るからな。来てもらえるか?」

そこまで言われたら、うなずかないわけにはいかなかった。

「——はい、もちろんです」

アシェリーの言葉にラルフは安堵したように微笑む。

(何がどうなっているの……?)

アシェリーが悪女をやめたから、その影響で展開が多少変わってもおかしくはないが……それにしてもラルフの聖女への対応が変化したのは解せなかった。

◇◆◇

(一週間がこんなに遠いとは……)

ラルフは卓上の予定表を眺めながら、ため息を吐いた。

先日アシェリーが王宮にやってきてから、まだ三日しか経っていない。あと四日……体調としては待てないわけではない。けれど、なぜか気持ちが逸ってしまう。

(俺は……彼女に会いたいと思っているのか?)

自分の気持ちの変化が不思議だった。これまではアシェリーのことを考えるたびに苦い感情が込み上げていたのに。

むしろ憎んでさえいた彼女に対して好意を抱くなんて……そんなことありえるのだろうか?

けれど汚名をかぶってもラルフのことを護ろうとしてくれた彼女のことを考えると、胸がざわざわしてくるのだった。

「……たまには、俺から治療院に行ってみるか」

ちょうど仕事も切りが良いところまで終わった。

窓から外を見れば、ぽつぽつと小雨が降り始めている。きっと治療院も空いているはずだ。

予約客は午前中のみで、午後は先着順だと聞いているから、運が良ければすぐアシェリーに診てもらえるかもしれない。

(いや、彼女と話せるなら多少待っても構わない)

自分の感情の変化が不思議で、けれど決して不快ではなかった。

「アシェリーのところへ行く。支度をしてくれ」

従者に告げて馬車の手配をさせた。目を丸くしているクラウスに、ラルフは慌てて言い訳のように言う。

「その……体調が悪いんだ」

それは嘘ではない。こういう雨の日は気分がすっきりしないし、さらに二日前に聖女が現れてから、ラルフはその対応に追われていた。通常業務とは別に、神殿とのやり取りや聖女の引き渡しでいつもより疲れが溜まっている。

ラルフの苦しい弁解に、クラウスは「ほほう？　そうですか、そうですかぁ」と、からかうように言ってきたが、ラルフはそれらの一切を無視した。

（突然行ったらアシェリーは驚くだろうか……？　もしかして、喜んでくれるか？）

先ほどの憂鬱だった気持ちは消え、ウキウキし始めている自分に気付く。

治療院にたどり着くと、すぐにアシェリーが現れた。肩を濡らしているラルフにひどくビックリしているようだった。

「へ、陛下……!?　どうして、ここに……？」

そう戸惑いながらも、タオルを渡してくれる。冷えた体にアシェリーの体温が残る布地が心地良い。

「ちょっと用があってな……そのついでに寄ったんだ」

アシェリーと訪問料についてのやり取りをしていたところに邪魔が入る。

「アシェリー、お茶でもしようぜ……って、患者さんが来ていたのか。そこに突っ立ってないで、部屋に案内したらどうだ？」

浅黒い肌の軽薄そうな男に声をかけられ、アシェリーは親しげな笑みを彼に向けた。

(誰だ、この男は……？)

どこかで見覚えがあるような気がする。ラルフは己の記憶を探りながらも、その治療師らしき男の彼女への馴れ馴れしさに不快感を覚えた。

「あっ……、そ、そうね。こちらへどうぞ」

そうアシェリーに奥の部屋へとうながされて、ラルフはつい彼女の名を呼んだ。

「アシェリー」

彼女は目を丸くしてこちらを振り向く。

「どうかしましたか？」

(――なぜ呼び捨てを許しているんだ？)

そう問いただしたかったが、ラルフは何も言えない。

アシェリーはまだ王妃だ。離婚届を渡されたが、ラルフは名前を書いてないし提出もしていない。

王宮からアシェリーが出て行ったことで周囲は勝手に『王妃が国王に愛想を尽かされた』とか『離縁したのだ』と噂されているが、どれも真実ではない。

(お前は俺の妃だろう……！)

そう言ってしまいたかったが、アシェリーはすでに夫婦ではないと思い込んでいるのだ。だから、あまり強い口調では言えない。それにラルフとしても、どうして離縁状をまだ出していないのか問われると返答に困ってしまう。

しかし、どうしても二人の親しげな態度が受け入れがたかった。

（――俺はどうして、そんなことに拘っているんだ……？）

けれど、自分の知らない彼女を知っている男がいると思うと落ち着かない。自分よりアシェリーと身分の壁がなく、気安い仕事仲間なのも気に食わなかった。

「いや……」

結局、ラルフは首を振るしかなかった。アシェリーは可愛らしく首を傾げている。そんな様子にときめいてしまい、ラルフは密かに呻いて胸を押さえた。

（どうして、俺は……）

アシェリーのことは、ただの鬱陶しいだけの相手だと思っていた。名ばかりの妃で、決して愛することはないだろうと。

けれど、もしかしたら幼い頃から――憎しみの中にわずかな愛情があって、憎悪が薄れたことでその感情が表面化してしまったのかもしれない。ラルフでさえ気付かない、ほんの小さな種がアシェリーの変化をきっかけに芽吹いてしまったのかも……。

そう気付いてしまったら、もう駄目だった。半ば強引に魔物討伐に同行してもらうことも約束させてしまった。

（俺の知らないお前を知っている男が許せないなんて……）

これは嫉妬だ。そして、自分のものにしたいという独占欲。

今さら自覚しても手遅れなのに、こんなにも彼女を欲しいと思ってしまうなんて。

アシェリーは治療院で仕事をしている方が楽しそうだし、王宮を出てこれまでになく生き生きしている。そんな彼女に妃として王宮に戻ってきて欲しいとは言いにくかった。

——何より、今までの己の彼女へのつれない態度を思い返すと、今さらそんなことを要求することは憚られる。これまでの十年間の憎悪と抑えきれない愛情がせめぎ合い、ラルフを呼吸できなくさせた。

（だが……それでも、そばにいて欲しい……）

矛盾した気持ちを抱えながら、ラルフは熱のこもった瞳でアシェリーをじっと見つめた。

第五話◆つかの間の幸せ

「いったいどうなっているのっ！」

聖女アメリア・シュヴァルツコップは苛立ち混じりに手にしていた金杯を壁に投げつけた。

「ひぃっ……！」

室内にいた下級の女性神官達が悲鳴を上げて、うずくまる。彼らは神殿でアメリアの側仕えをしている神官達だ。

「気に食わないわ……どうして王宮に滞在できないのよ！」

アメリアは親指をぐっと噛みしめた。

「アメリア様、そんなに噛むと御身に傷がついてしまいます……！」

心配してそう声をかけてきた筆頭神官の腹部をアメリアは蹴りつけた。

「うっさいわねッ！」

攻撃をまともに受けた筆頭神官はうずくまり、地面にへたりこむ。「アメリア様……」と弱々しくつぶやく声も聖女には届かない。他の神官達はオドオドと周囲で見守っていた。

アメリアはそれを気にする様子もなく、ギリリと奥歯を噛みしめる。

（原作では確かにそうなっていたはずなのに……っ！）

アメリアには前世の記憶があった。そして自分が大好きだった『星降る夜の恋人達』の小説の主人公だと気付いた時は歓喜した。

しかし、アメリアは貧民街の生まれだったために『いくら作者がシンデレラストーリーをやりたいからって、どうして私を貧乏人にしたのよ！』と憤慨した。ラルフと出会ってから前世の記憶を取り戻せたら幼少期の苦労もせず楽だったのに……と、不満タラタラである。

貧民街から遠い豪華な王宮を見上げては『いずれ、あの場所は私のものになるのよ。私は国母になる女だわ』と野心を燃やしていた。

そして幼少期から発現した神聖力を十八歳になるまで磨き、貧民街で慈善活動をしていたシュヴァルツコップ侯爵に猛アピールして養女にしてもらったのだ。シュヴァルツコップ侯爵は強欲な男で、アメリアが役に立ちそうだと思ったらしく、すぐに利害が一致した。アメリアは貧乏な両親とは縁を切り、最初から貴族として生まれたかのように豪奢な生活を満喫した。そしてアメリアの思惑通り、間もなく神託が下って神殿から正式な聖女として認められたのである。

（これで、後はラルフ様に出会うだけ……！）

後は薔薇色のストーリーが広がっているはずだった。

毒婦アシェリーから国王ラルフを救い出し、彼と結ばれる。ラルフの弱みに付け込んで妃となったアシェリーを廃妃にして、残酷に処刑してやるのだ。

そして大勢の人に感謝されながら、迎える結婚式。愛するラルフを救えるのは私だけ……最高のラブストーリーとなるはずだった。

「それなのに、どうしてラルフ様は私を歓迎しないのよっ！」

再び金杯を花瓶に打ち付けると、ガシャーンと激しい音を立てて瓶が砕ける。

荒い息を吐きながら怒りをあらわにしているアメリアに、筆頭神官は床に両手をついたまま恐る恐るといった風に発言する。

「お、おそらくは……アシェリーが？」

「アシェリーが？」

「アシェリー前王妃の影響かと」

アメリアは元王妃を横柄に呼び捨てにして顔をしかめた。それに表情を強張らせた神官達にも気付かない様子で。

「ええ。お二人は離縁なさってからも、週に一度は王宮で逢瀬を重ねられているようです。むしろ以前よりも仲が深まっており、また再婚するのでは……と噂されておりますので……」

「なんですって……⁉　それはどういうこと⁉」

それはアメリアにとっては寝耳に水の話だった。

「どういうこと⁉　教えなさいよ！」

「は、はいっ！」

筆頭神官の話を聞いて、アメリアは小説とは違った流れになっていることに気付いた。

（そういえば……悪女は原作だとラルフ陛下のいとこのエルシーを毒殺しようとして投獄されていたはずなのに……）

アシェリーは貴人用の監獄に幽閉されたが、ラルフの弱みを握っているせいで、すぐに王妃の座に舞い戻るのだ。しかし隣国との関係も悪くなったせいで国内外からも反発があり、アシェリーの王妃排斥の流れができる。ラルフは臣下達との間で板挟みになり困り果てていた時に聖女アメリアと出会い、救われるのだ。悪女に頼らなくても済むようになったラルフは精神的にも解放される。最終的に苦し紛れにアメリアを殺そうしたアシェリーを、アメリアとラルフは力を合わせて倒すのだ。ときめく愛のストーリーである。

（だからアシェリーは本来なら今は王宮内で監禁されていたはずなのよね……なのに、エルシーの毒殺をせずに自分から陛下と離婚して出て行った。そのせいで展開が変わってしまっているんだわ！）

アメリアは歯噛みした。

（悪女が王宮からいなくなったことは、むしろ面倒ごとがなくなって良かったと思っていたけれど、こんな弊害が起こるなんて……）

「悪女め……さっさと正体を現せば良いものを……っ」

アメリアは豪奢に飾り立てられた室内をぐるぐると歩き回る。

「何か……ラルフ陛下とお近付きになれる方法はないかしら……？　きっと私ともっと会話してくだされば、ラルフ様も私の魅力に気付いて原作の流れに戻るはず……」

アメリアのぶつぶつとしたつぶやきに、筆頭神官がおずおずと進言した。

「げ、原作が何か分かりかねますが……陛下にお近付きになりたいならば、魔物討伐に同行なさるのはいかがでしょう？」

「魔物討伐？」

「ええ。毎年この秋の時期に森で魔物狩りをするのです。魔物を減らして、冬眠から覚めた時に森の食料が足りず人間の村を襲わせないようにするために」

「なるほど……確かにそういうイベントもあったわね」

魔物狩りは貴族達の一大イベントだ。王宮からはラルフが軍を率いて出撃する。アメリアは彼を癒やすために随行することになっていたはず。

(でも、このままだと悪女がいるから私は呼ばれないかもしれないわね……)

それを想像してアメリアは渋い顔をした。厳しい声で神官達に命令する。

「それでは、ラルフ陛下に遣いを出してちょうだい。私も魔物狩りに同行すると知らせて」

(あんな悪女の好きにさせるものですか。きっと猫をかぶってラルフ様に取り入っているんだわ。絶対に化けの皮を剥がしてやる……！)

言動が聖女にふさわしくないことに疑念を感じ始めている神官達にも気付かず、アメリアはそう意気込んでいた。

「は、はい……！　承知いたしました！」

神官達が一斉に額《ぬか》ずいた。

◇◆◇

その日、アシェリーは乗馬服をまとって、王宮の敷地内にある馬屋にやってきていた。そばには同じく乗馬姿のラルフがいる。

（ど、どうしてこんなことに……⁉）

ラルフから魔物狩りへ随行する医療班の指揮を頼まれ快諾したまでは良かったのだが、アシェリーは馬に乗ったことがなかった。

しかし魔物討伐に行くなら馬に乗れなければ話にならない。アシェリー一人のために馬車を使わせてもらうのも気が引けた。

どうしたものかと悩んでいたら、ラルフが『ならば王宮の馬で練習したら良い。俺が乗り方を教えてやるから』と提案してくれたのだ。

『乗馬を教えてくださるのはありがたいですが……陛下はお忙しい身ですのに』

そう恐縮するアシェリーにラルフは『いや、魔物狩りに付いてきてもらうのは、こちらの都合だからな』と照れたように笑った。

そして仕事が非番の日に王宮にやってきて、乗馬訓練をする運びになったのである。

（ラルフと乗馬訓練なんて、しても良いのかしら……？）

アシェリーは少々悩んだが、魔物討伐にラルフが行かなければいけないのが心配で、なんとか付いて行ってサポートしてあげたい気持ちがあった。

（これは変な意味じゃなくて、彼も仕事のために言ってくれたことなのよ）

そう思うことで、ざわざわ騒ぐ自分の気持ちを落ち着けた。

厩舎《きゅうしゃ》の中に案内されて入ると、そこは何頭もの馬達が並んでいた。数人の馬番が毛並みを整えたりと藁を敷いたりと世話をしている。

近くにいた青年がラルフに気付いて頭を下げた。

「陛下、おはようございます！　今日は早いですね」

「おはよう。今日はアシェリーと乗馬訓練をする。お前達は気にせず仕事を続けてくれ」

「はい、何か御用があればおっしゃってください」

「そうか？　じゃあ午後に早駆けに付きあってもらおうかな」

「いえいえ、陛下には敵いませんって。勘弁してくださいよ」

軽い応酬と笑いが広がる。どこか親しさをにじませたやり取りに、アシェリーは目を丸くした。

ラルフは趣味の乗馬のために毎日のように馬屋にやってきているから、馬番の青年達とも親しいのだろう。

ラルフは近くにいた美しい毛並みの黒馬の頬を撫でながら、アシェリーに向かって言う。

「こいつは俺の愛馬のブルーノという。国内でも有数の駿馬だ」

「そうなんですね。こんにちは、ブルーノ」

アシェリーはそう笑顔を向けたが、ブルーノはぷいっと顔を背けてしまう。

「あら……」

ラルフは申し訳なさそうに眉を下げた。

「すまない。ブルーノはプライドが高いんだ。気性が荒くて俺以外は乗せたがらない。話しかけられても無視してしまうんだ。気を許しているのは俺と専属の馬番くらいで」

アシェリーは苦笑して首を振る。

「いえ、気にしていません」

「そう言ってもらえるとありがたい。……それで、こっちがお前の馬だ」

ラルフは向かいにいた白馬を示した。その馬は静かにアシェリー達を見つめていた。まつげが長く、四肢も均整が取れていて美しい。馬に詳しくないアシェリーでもつい見惚れてため息をこぼしてしまう。

「綺麗な馬ですね」

「こいつはザーラという名で、とても人懐っこい性格だ。きっとアシェリーも気に入るだろう」

そう言ってラルフはザーラの鼻を撫でると、馬は嬉しそうに小さく鳴いた。

（人懐っこい馬なら私でも大丈夫かしら……？）

「よし、それじゃあまず挨拶してみよう。優しく声をかけて馬の警戒心を解くんだ。そしてザーラを撫でてみると良い」

「はい」

アシェリーはラルフに教えてもらった通りに、優しくザーラに声をかけながら馬を撫でた。

「ザーラ、今日はよろしくお願いしますね」

しかし、ザーラの口から漏れたのは不穏な鳴き声だった。

「ブルルッ……」

（え……？　き、気のせいかしら？）

アシェリーが触るとまるで親の仇を見るような不快そうな表情をするのに、ラルフと視線が合うとザーラは機嫌が良さそうに尻尾を振っている。

近くにいた馬番の青年が近付いてきてザーラに慈しむように触れた。

「ザーラはどんな初心者でも乗れますからね。アシェリー様も安心ですよ」

（ほ、本当に……？）

ザーラは馬番の青年にはうっとりとした視線を向けている。

（まさか、馬も私が悪女なことを感じ取って……？）

アシェリーは血の気が引いた。動物は人間より敏感だ。ならば人では分からないものを察してもおかしくはない。

「こ、怖くないですよ。大丈夫ですからね？」

（私は反省したんです。どうかお願いします……！　ひどいことはしませんから……）

なぜか内心頼み込む羽目になりつつ、アシェリーは涙目になる。

「ブヒヒン！」

「きゃあっ！」

馬のいななきと共に頭を大きく振られ、アシェリーは慌てて身を引く。先ほどまでアシェリーが立っていた場所にはザーラのよだれがびっしょりかかっていた。

（あ、悪意……！）

「ザーラ、暴れるな」

ラルフに鋭い目で諭されて、ザーラはしゅんと頭を下げる。

「す、すみません……ありがとうございます、ラルフ」

アシェリーは青くなったり赤くなったりしながらも、再び馬をなだめにかかる。

「お、落ち着いてください。大丈夫ですよ……怖くないですよ？」

「ヒヒーン……」

ザーラはむすっとした雰囲気ではあったが、アシェリーに撫でられて大人しくなった。

「そうだ、上手じゃないか。さっきはザーラの機嫌が悪かっただけだろうな」

ラルフに褒められてアシェリーは安堵する。

「は、はい。ありがとうございます」

「それじゃあ、馬にまたがってみろ」

馬番の青年が持ってきてくれた踏み台を使い、ラルフの手を借りて、アシェリーは何とかゆっくりとザーラの上に乗った。

「そう、そのまま両足を馬の腹に軽く打ち付けてみろ。そうしたら歩き出す。止めたい時は手綱を引くんだ」

「は、はい……！」

アシェリーは言われた通り慎重に歩かせていく。

（うぅ、怖い……。馬の上って高すぎる……っ）

前世から高所恐怖症のアシェリーは、馬上で身を硬くして必死に手綱を握っていた。

しかしそんな彼女の努力を嘲笑うかのように、馬が突然走り出した。

「ひゃあぁっ⁉」

「おい、落ち着け！　止まれ‼」

ラルフが慌てたように叫ぶが、ザーラは全く言うことを聞かずに暴走していく。厩舎内の柵を飛び越え、入り口から飛び出した。

ラルフが舌打ちして自馬にまたがり、アシェリーの後を追う。

「アシェリー！　そこから飛び降りるんだ！」

「む、無理ですッ‼」

アシェリーは涙目になりながら首を振った。馬の背中にしがみつくので精一杯だ。

「クッ！」

ラルフが暴走するアシェリーの馬を追いかけて並走する。

「アシェリー、手を伸ばせ！」

隣接する馬上から、ラルフがアシェリーに向かって片手を伸ばした。少し距離はあるが、互いに手を伸ばせば届くかもしれない微妙な距離。

下を見ると震えが襲ってくる。恐怖で硬直してしまったアシェリーにラルフは励ますように叫んだ。

「アシェリー、必ず助けるから！　俺を信じろ！」

「ラ、ラルフ……」

「下を見るな！　俺だけを見るんだ‼」

アシェリーは潤んだ目をギュッと閉じた後、ラルフをじっと見つめる。

（そうよ。彼を信じて、下を見ずに手を伸ばせば……！）

覚悟を決めて、アシェリーはラルフの方に身を乗り出して手を伸ばした。

その時、さらにスピードを上げた馬がアシェリーを振り落とそうと激しく左右に揺れ始める。

（嘘でしょう⁉）

「きゃあああぁっっ‼」

「アシェリーっ‼」

アシェリーは馬上から放り出されて、体は宙を舞う。

そのまま地面に身を打ち付けるかと思いきや、硬い腕の中に抱き込まれていた。

（え……？）

恐る恐る瞼《まぶた》を開けて見ると、心配そうな表情をしたラルフの顔が真下にあった。

「アシェリー、怪我はないか？」

「あ……は、はい。あ、あの！　だ、大丈夫です」

思った以上に近い距離に、アシェリーの口から心臓が飛び出そうなほど激しく脈打った。

「……そうか、良かった」

ラルフは安堵したように息を吐き、お互いの近すぎる距離にようやく気付いたのか赤い顔する。

アシェリーは慌てて身を離した。

「す、すみません」

「いや……」

離れたおかげでアシェリーもようやく周りを見る余裕ができた。

「あ！　ラルフは大丈夫ですか⁉　すみません、下敷きにしてしまって……！」

アシェリーは蒼白になる。

ラルフは馬から飛び降りてアシェリーを助けてくれたのだ。国王を潰してしまった、と慌てた。

「大丈夫だ」

ラルフは優しく微笑んだ。その笑みにアシェリーはドキリとしてしまう。

その時、遠くからラルフの騎士達が馬で追ってくるのが見えた。

「陛下ー！　アシェリー様！　ご無事ですか⁉」

ラルフは苦笑して「大丈夫だ」と従者達に伝える。

馬番の青年はしきりに首を傾げていた。

「いったいどうしたんでしょう。ザーラは気が立っていたんでしょうかね？」

その後、ザーラは人間の男性好きの馬で、女性には態度を変貌させることが判明した。今まで男性しか乗せたことがないから知られていなかったのだ。

アシェリーが馬に乗れるようになるのは、まだ当分先になりそうである。

それから一か月後にはザーラを草原で走らせるアシェリーの姿があった。

後ろにはラルフもブルーノに乗って駆けている。

「ずいぶん上手になったな。これなら安心して魔物討伐にも行けそうだ」

「はいっ！　ラルフが教えてくださったおかげです」

アシェリーがそう言って微笑むと、ラルフはまぶしそうに目を細めた。

今日は軽食を用意して遠乗りに来ていた。といっても後方にはラルフの警護も数人ついているのだが。しかし彼らも気を遣っているのか、あまり近付いてこないので、まるでラルフと二人きりのように錯覚するほどだった。

ザーラは最初アシェリーにつれなかったが、毎日のように会いに行って親交を深めた成果だろう。今ではザーラも渋々といった態度ではあったが、アシェリーを嫌な顔しつつも乗せてくれるようになった。

とはいえザーラはかなり足が速いが安定した足運びをする馬で、他の馬より乗りやすかった。

（もうこんなに乗れるようになったんだから、陛下に乗馬に付き合っていただかなくても大丈夫だわ。今日はそれをお伝えしないと……）

ラルフは聖女アメリアと結ばれる運命なのだから、これ以上その邪魔をしてはいけない。すでに細部の流れは変化していたが、大筋は変わらないだろうとアシェリーは疑っていなかった。

「あの、陛下。私、そろそろ一人で練習できると思うんです。だいぶ馬に乗るのも慣れましたし

「……」

アシェリーの言葉に、ラルフは意外そうにした。

「なんだ？　急に」

「いえ、ずっと陛下のお時間を取らせてしまって申し訳なくて……。私の馬術の練習に付き合うばかりではなく、他のこともなさった方がよろしいのではないかと思いまして」

アシェリーはギュッと手綱を握り締める。

ラルフはしばらく黙っていたが、やがて静かに口を開いた。

「……何に時間を使うかは俺が決めることだ。俺がしたくてやっていたことだから気にしなくて良い」

「ですが……」

それでも食い下がるアシェリーに、ラルフは苦笑する。

「じゃあこうしよう。お前が俺に乗馬を教えた礼をしたいと言うのなら、今度、俺と一緒にどこかへ出かけてくれないか？」

「え……っ!?」

ラルフがそんなことを言い出すとは思わず、アシェリーは動揺する。

「ど、どこかとは……？」

声が裏返ってしまう。

するとラルフは悪戯っぽく笑って言った。

「どこでも良い。二人で街を歩くだけでも構わない。まぁ、その時も護衛をつけることになるがな」

（それって、まるでデートみたい……）

アシェリーは頬を染めた。ラルフが誘ってくれるなんて思ってもいなかったから。

「……嫌か？」

黙り込んだアシェリーに、少し不安そうな顔でラルフが尋ねる。

「い、いいえ！　行きます」

アシェリーは必死になって答えた。

（ハッ、了承しちゃった……）

直後に血の気が失せた。

（どうしよう……ラルフとお出かけなんて……）

もしこれ以上仲良くなったら、どうしても期待してしまう。彼は聖女アメリアと結ばれる運命なのに。

もし原作の通りにアメリアと恋に落ちてアシェリーが無惨に振られて処刑されてしまったら……そう思うと、不安で胸がざわつく。

「よし。決まりだな」

まるで少年のような照れた笑みに、アシェリーの心臓は撃ち抜かれたようにドキドキと激しく音を立てていた。

（ダメだわ。こんな笑顔を見せられてしまったら、今さら嫌だなんて言えない……）

自分はラルフの頼みにとことん弱いのだ、と自覚する。

ラルフは優しい眼差しでアシェリーを見つめて言った。

「じゃあ、あの木の下まで行こう。どちらが早く着けるか競争だ」

「え⁉　そんないきなり……！」

「早く来ないと遅れるぞ」

ラルフに急かされて、アシェリーは馬を駆けた。

（こんな時間がいつまでも続けば良いのに……）

そう願いながら――。

第六話◆原作と違う

そして、とうとうラルフが率いる軍の魔物討伐に同行する日となった。アシェリーは治療院代表として共に行くことになったサミュエルと並んで馬に乗っている。

「アシェリー、疲れていないか？」

そう隣でサミュエルが声をかけてくれる。アシェリーは微笑みながら「ええ」と、うなずいた。

こういう大規模遠征の時には街の治療師達も駆り出されるのだ。

「それにしても、アシェリーは随分乗馬がうまいな。前に馬には乗ったことがないと言っていたから心配していたんだが……」

そう感心したように言うサミュエルに、アシェリーはフフフと笑みをこぼす。

「こっそり練習したの」

ラルフに習っていたことは秘密にしている。サミュエルに知られたら、また顔をしかめるに決まっているから。

二か月前からラルフと乗馬訓練を始めて、週に二、三回ほど、ラルフの治療で王宮に行く日以外も練習していた。おかげで、かなり馬に乗るのはうまくなったと思う。

ラルフに会っていた日々を思い出して、アシェリーはこそばゆくなる。会う頻度が増えたせいか、以前より二人の距離は近付いていた。離縁してからの方が仲良くなるなんて皮肉だ。

（原作では、私が魔物討伐に同行することはなかったけれど……）

そう思いながらアシェリーは前方に視線を送ると、たまたまこちらを振り返ったらしいラルフが見えた。なぜか、むっつりと不機嫌そうな表情をしていたが、アシェリーと目が合うとニッコリと微笑んで軽く手を振ってくれた。

その様子に周りにいたサミュエルや一部の兵士達がギョッとしたような顔をする。ラルフの側近などはいつも通りだ。国王と元王妃が交流していることはラルフの身近な人々にとっては、すでに知っていることだからだろう。

アシェリーは嬉しくなって、恥ずかしかったが小さく手を振った。

「お前ら……」

サミュエルが硬い声を漏らす。

──その時、刺すような視線を感じてアシェリーは後方の馬車にちらりと視線を送る。

馭者の後ろのガラス窓からは、聖女アメリアの姿が見えた。アシェリーを苦々しく睨みつけている。

（な、なんだか視線が痛いわ……）

向こうからしたら悪女がラルフの近くにいることが不愉快なのだろう。

しかし、アシェリーとしても本当は遠慮して後ろの方にいるつもりだったのだ。しかし、なぜかラルフの近くに導かれてしまったのである。

「おお、ずいぶん睨まれているな。アシェリー」

そう苦笑いしながらサミュエルが言った。

「そ、そうね……」

「アシェリー、大丈夫か?」

サミュエルに問われて、アシェリーは「平気よ」と笑う。

野営地に到着すると、アシェリー達は馬から降りた。

ラルフは部下にいくつか指示を飛ばした後、アシェリーの方に近付いてくる。

「アシェリー、休憩するから一緒にお茶でも……」

ラルフがそう誘ってくれたが、アシェリーは遠慮して首を振ろうとした。

「陛下、ありがたいお言葉ですが、私はもう妃ではないので……」

「関係ない。俺が誘いたいから誘っているんだ。嫌ならそう言ってくれ」

思いきりストレートに乞われて、アシェリーは「うっ……」と言葉に詰まった。

(本当はダメなのに、そんな目で見られると断れない……!)

ラルフのキラキラした目を見ると抵抗が失せてしまう。

「じ、じゃあ、少しだけ……?」

アシェリーの答えに、ラルフは朗らかな笑みを浮かべた。

「じゃあこちらへ」

国王の天幕に導かれている最中に寒気を感じて振り返ると、聖女アメリアが憎々しげな眼差しを浮かべてアシェリーを見つめていた。

（こ、怖い……！　完全に恨まれているわ……）

「アシェリー、どうした？」

ラルフに尋ねられて、アシェリーはブンブンと首を振る。

「いいえ、何でもありません！」

「本当か？　何か気がかりなことがあるなら何でも言ってくれ」

ラルフはそう言ってくれた。

「ありがとうございます……」

（って、顔がまた近い……！）

見目麗しい面立ちがそばにあって、アシェリーは息ができなくなった。

（しかも皆が見ているのに……）

まだ天幕の入り口で、中に入っていないのだ。近くにいる兵士や従者達が興味津々といった様子で見つめている。なぜかラルフの従者達はニコニコとして機嫌が良さそうだ。

（この遠征、波乱がありそうだわ……）

アシェリーはそう不安に駆られるのだった。


アシェリーはラルフから昼食にも誘われたが、さすがにそこまで特別扱いをしてもらうわけにはいかない。

ラルフは渋っていたが、なんとか許してもらえた。

「はい」

サミュエルにチタン製のシェラカップを渡される。中には温かい野菜スープと、堅パンが浸されていた。

「ありがとう」

アシェリーが受け取ると、サミュエルはアシェリーの隣に腰を下ろした。

二人がいるのは部隊がテントを張っているところから少し離れた木のそばだ。炊き出しの匂いが漂ってきている。

「陛下は聖女様と食事をされているみたいだな」

サミュエルの言葉に、アシェリーは「そうね……」とうなずき、ズゥンと落ち込む。国王の動向は人の目があるため嫌でも耳に入ってくるのだ。

(自分から断ったくせに……)

それでラルフが誰と食事しようが彼の自由だ。そもそも最初から聖女と約束していてアシェリーを同席させるつもりだったのか、アシェリーが断った後でラルフから誘ったのか、それとも聖女から誘われたのかも分からない。そんな小さなことで悩んでいる自分自身が嫌になってくる。

(……もし原作の矯正力があるなら、ラルフも今この瞬間に恋に落ちているのかもしれないわ)

想像するだけで胸が痛くなるが、アシェリーは何もできない。

（普通の恋だったなら、絶対に彼を他の女に近付けさせないのに……）

しかしアシェリーには十年間もラルフを苦しめたという負い目がある。もう二度と彼を愛さないという約束もしたのだ。それなのに、ラルフの自由を縛る恥知らずな真似はできなかった。

（彼は……聖女様と仲を深めている頃かしら……）

原作のイベントを思い出して、アシェリーは胸がチクリと痛んだ。小説を読んだ時はアメリアに感情移入して、二人の会話に胸をときめかせていたのに。

「もしかしてだけど……陛下って、アシェリーのこと好きなんじゃね？」

唐突なサミュエルの言葉に、アシェリーは飲みかけていたスープにむせた。せき込んでいるとサミュエルが「わり。大丈夫か？」と言って優しく背中をさすってくれる。

「サ、サミュエル⁉　そんなわけないじゃない」

「そうかなぁ？　あれは別れた女房に送る視線じゃないぞ。ものすごい未練がましさが漂っていた」

真面目な表情でサミュエルが腕を組んで言う。

アシェリーはラルフの態度を思い返して、自嘲の笑みを浮かべて首を振った。

「まさか。陛下は誰に対しても親切なのよ」

これまでは悪女のアシェリーに対してだけ辛辣だった。だが、その関係が改善して、ようやく他の人と同じくらいの扱いになっただけだろう。アシェリーはそう考えていた。

（確かに少し距離は近いけれど……よく考えたら幼い頃からの知り合いなのだし……この距離感

でもおかしくないわよね？）

アシェリーとサミュエルだって気安い会話をするし、冗談を言えば軽く叩いたりもする。似たようなものだろう。

（少なくとも、今なら処刑される未来はないかもしれない……）

そう関係を持ち直せただけで満足すべきなのだ。

なおも何か言おうとサミュエルが口を開きかけたが、その時にタイミング悪く、アシェリーの元に人がやってきた。

治療師らしき白衣をまとった中年の男と、まだ年若い青年がアシェリーに頭を下げる。

「お話し中に申し訳ありません。私は軍医長をしております。アシェリー様の医療衛生の論文を拝読しました。ぜひ、お話をお伺いしたく……」

興奮した様子で話し始めた軍医長を見て、サミュエルは気を遣ったらしく「じゃ、俺は別のところで食べるわ。後でな」と食事を持って去ってしまった。

◇◆◇

野営地の聖女の天幕にて、アメリアは人心地ついた頃に側仕えの者に言った。

「陛下は、お昼は一人かしら？　食事をご一緒したいわ。あなた、陛下のご予定を確認してきてちょうだい」

アメリアがそう命じると、女性神官はしばらくして戻ってきてオドオドと言う。

「お、お待たせしました。陛下は、お昼は誰かとお約束はしていないようですが……」

なぜか女性神官は奥歯に何か挟まったかのようにモゴモゴとしていたが、彼女の返答にアメリアは機嫌を良くする。

「あら、そうなの。朗報だわ。――それじゃあ、我が神殿のワインでも持っていって、ラルフ様と一緒に食事をしましょう」

アメリアは神殿から従者達に運ばせてきたワインを手に意気揚々と国王の天幕へ向かった。

彼が己を邪険にするはずがない、と信じていた。

(原作だったらお互い一目で恋に落ちていたし王宮に滞在していたはずだけれど……まあ、良いわ。今まで話す機会が巡ってこなかったから、うまくいかなかっただけよね。ラルフ様も私とじっくり会話すれば、すぐに運命の相手だと気付くはずだわ)

国王の天幕の入り口の両脇には兵士が警備をしていた。

「ラルフ様にご面会したいわ」

アメリアがそう言うと、兵士は少し渋る様子を見せた。

「今は騎士団長が中にいらっしゃって会議中なので……」

「もうお昼よ？　何か食べないと陛下だってお腹が空くわ。あなたは黙って私を中に入れたら良いのよ、愚図な男ね」

たかが兵士の分際で聖女の己を押し留めようとしたことに腹が立ち、アメリアの口調はきつくなった。

　騒ぎを聞きつけたのか、中から恰幅の良い男が姿を現す。

「おやぁ、お前さんは聖女様か」

「そうよ。陛下に会いたいのだけれど」

　アメリアの言葉に納得したように男はうなずく。

「そうかそうか。俺は騎士団長のジョンだ。どうぞ、よろしくな」

　そう言って男はニカッと笑う。

　騎士団長というよりも田舎の農家のおじさんといった様子の温和そうな男に、アメリアは少し眉根を寄せた。

（垢抜けない男だわ……むさくるしい。やっぱり男はアイドルみたいな爽やかさがないとね。ラルフ様みたいに）

　騎士団長に促されてアメリアは天幕の中に入った。そこにはラルフが立ったまま簡易机に視線を向けて難しい表情をしている。机の上にある紙には森の地形と部隊の滞在地が描かれているようだ。

（ああ～……やっぱり！　何度見ても素敵……ラルフ様って、ドラマの俳優さんにそっくりなのよね）

　原作の『星降る夜の恋人達』は小説だが、人気があってドラマ化もされている。アメリアはヒーロー役の俳優のファンだった。

「こんにちは、陛下」

声をかけると、ようやくラルフは顔を上げた。

「ああ、聖女様か。いったいどうしました？　何か問題でも？」

どこかよそよそしいラルフの態度に、アメリアはむっとしたが、すぐに笑みを浮かべた。

「じつは、こちらのワインを差し上げようと思いまして……神殿で作ったワインです。とても美味しいんですよ」

「ありがとう。わざわざすみません。後でいただきます」

ラルフは笑顔で受け取ってくれたが、そのまま従者に流れるように渡してしまった。

「えっ……」

予想外の対応に、アメリアは肩透かしを食らう。

てっきり『それじゃあワインを飲みながら一緒に昼食でもどうかな』と誘われるだろうと思っていたのに。

「え？　他に何かご用がありましたか？」

不思議そうにラルフに尋ねられて、アメリアは言葉に詰まり、渋々自分から誘うことにした。

本当は相手から口説いて欲しかったのだが。

（仕方ないわ。顔が好みだから最初だけ譲ってあげましょう。じきに彼の方から誘ってくるようになるはずだし……）

「ラルフ様、もしお昼がまだでしたらご一緒してもよろしいですか？」

アメリアの言葉に、ラルフは一瞬悩む様子を見せた。

「う～ん……それは……」

「良いじゃないですか。聖女様とのご縁は大事にしませんと」

迷っている様子のラルフの背を押したのは、アメリアが存在をすでに忘れていた騎士団長だった。

「……そうですね。では、聖女様。一緒に食べましょう」

ラルフもそう言って、なんとか二人きりの食事にこぎつけた。

（もしかして彼ってシャイなのかしら……）

しかし小説でもドラマでもそんな設定はなかったはずだ。

アメリアは違和感に首を傾げながら、椅子に腰掛けたラルフの顔を見つめる。簡易机と椅子ではあったが、遠征中であることを忘れそうなほど天幕内は豪奢だった。運ばれてくる食事も一品一品丁寧に調理された宮廷料理人自慢のフルコースだ。

「ラルフ様、これとっても美味しいですわ」

アメリアは子羊のソテーを小さく切りながら、おしとやかに口に運ぶ。ラルフは社交的な笑みを浮かべながら「それは良かった」とフォークを進めた。

しかし、どこか上の空の様子なのが気にかかる。

デザートのフルーツを運んできた給仕が、「せっかく二人分用意していたのに、一人分に減らさなくて済みました」と苦笑しながら言った。

それを聞いたアメリアはフンと鼻を鳴らす。

(なぁんだ、やっぱり彼も私を誘う気だったんじゃない。アプローチしてくれれば良かったのに)

ラルフは恋の駆け引きをしようとしたのだろう。そう納得しかけた直後、給仕が爆弾発言をした。

「アシェリー様がお断りなさいましたからね。聖女様がご一緒してくださって良かった」

「えっ……」

思わずアメリアの口から声が漏れる。

(アシェリー？　どうしてここにあの悪女の名前が出てくるのよ！)

ラルフを見ると、彼は恥ずかしそうに首筋を掻いていた。それで、アメリアは気付いてしまった。ラルフはアシェリーを食事に誘ったが断られたのだ。それで余った食事がアメリアに回ってきたのだということを。

あまりの屈辱と怒りで、目の前が真っ赤になった。

「……これで失礼しますわ」

どうにかそれだけ言って、アメリアは天幕を出て行った。

(――私がヒロインのはずなのに、どうして……！)

アメリアは苛立ち混じりに、大股で歩いて行く。天幕の外で待機していた神殿女官が「聖女様……！」と慌てた様子で追ってきた。

視界の端に、アシェリーの姿が見えた。軍医らしき男達に囲まれ、談笑しているようだ。

その時、兵士達が歩きながら会話している声がアメリアの耳に届く。

「アシェリー様は本当に素晴らしいお方だよな。誰が悪女なんて言い出したんだろう」

「本当だな。アシェリー様のおかげで軍でも死者が激減した」

「陛下と離縁なさってからは、王都の治療院で慈善活動なさっているらしいな。働かなくても生活できるだろうに。奉仕の精神が素晴らしいな」

「陛下に依頼されて医療部隊の指揮をしてくださっているらしい。軍医長が感涙しているよ」

そんな他愛もない会話が交わされ、声が遠ざかっていく。

アメリアはぐっと聖衣のスカートを握りしめた。

「どうして……ッ⁉」

本当なら、それらの賛辞を聞くのはアメリアだったはずだ。

ここに聖女がいるのに、ラルフを癒す未来の王妃がいるのに、人々はアメリアのことは眼中にないような態度をしている。それがひどく癪に障った。

それがアメリアの悪評による部分も大きいことに、彼女は気付いていない。

「あの女さえいなければ、きっと物語は元の流れに戻るはず……」

そう暗い目でブツブツとつぶやくアメリアに、女性神官達は不安そうな眼差しを向けていた。

◇◆◇

アシェリーは軍医達に野戦病院に案内された。

後方部隊の中でも一際大きなそのテントには、たくさんの寝床が並べられている。

アシェリーはラルフから医療部隊の指揮を任されているので、薬品の確認や、消毒や手洗い、患者の衣類の洗濯、排せつ物の処理の流れなどを責任者に伝えた。

「野営地から水場は近いのですよね？　崖の下から水を引っ張るんですか？」

アシェリーが軍医長に尋ねる。

出立前に確認した地図によると野営地の近くには崖があり、その下には流れの激しい川がある。

「いえいえ。一番近いのは確かに崖の下の川ですが、そちらは足元が危険なので使いません。それより少し距離はありますが、森の中には小川や湧水もあります。洗濯や手洗いにはそちらの水を使っています」

「なるほど……」

いくつかのやり取りの末に、アシェリーはうなずいた。

アシェリーの要望通りにラルフがしっかりと着替えやシーツ、人員なども配備してくれているので問題はなさそうだ。

（あとはできるだけ被害が出なければ良いのだけれど……）

治療師であるアシェリー達の出番など、なければそれに越したことはない。

アシェリーがサミュエルと共にテントを出た時、ふと部下と話しているラルフの姿を見かける。

彼はアシェリーに気付くと、こちらに手を振って近付こうとしてきた。

――その時。

「陛下ぁ！」

甘ったるい声を上げて、アメリアが駆けつけてきてラルフに抱きついた。まるでアシェリーに見せつけるようにしなだれる。

「ラルフ陛下とご一緒できて、アメリアとっても嬉しいですわ！」

そう言いながら、アメリアは無遠慮にラルフの胸板を撫でている。彼の腕に両胸を押し付けるというあからさまなやり方に周囲の顔が引きつっていることにアメリアは気付いていないようだ。

（……聖女様）

アシェリーの顔が強張った。

「すまないが、ちょっと放してくれないか」

ラルフが硬い表情でそう言ったが、アメリアはむしろガッチリと彼の腕をつかんで離さない。さすがに彼も振り払うことまではできないようで、困ったような雰囲気が漂っている。

「陛下ぁ！　ここでお会いできるなんて嬉しいですわ。ねえ、ぜひ、夕食もご一緒させてくださいませ！　もちろん陛下の天幕で二人きりで……ね？　先ほどのようにアメリアにお酌させてください」

上目遣いで甘えるアメリアの声を聞いて、アシェリーは顔を歪めた。

そばにいた軍医達が聖女を見て顔をしかめていた。

「……あんなに露骨に媚びを売るなんて……。アシェリー様、あれを許してよろしいのですか？」

「……許すも何も」

自分には何か口出しできる資格などない。

（……これが本来の小説の流れだわ。なんだか原作と聖女様の態度が違うような気もするけれど……）

奔放な聖女の性格に内心困惑しつつも、アシェリーは『これで良かったんだわ』と己に言い聞かせる。アシェリーは軍医達と挨拶をして、その場を離れようとした。

（二人の親しそうな姿なんて見ていられない……）

込み上げてくる涙を堪えながら足早に立ち去ろうとした時、背後から「アシェリー」とラルフの呼ぶ声が聞こえた。

アシェリーは聞こえなかった振りをする。

（……二人を見守ると決意したはずなのに、ダメね……）

悪者は退散するべきなのに、思いきれない自分がいた。

まだ残っている彼への気持ちがアシェリーをさいなむ。

野営地から少し離れた森の中まで向かうと、アシェリーは木に手をついて深く深呼吸した。涙が勝手にボロボロ流れてくる。

（目を腫らしたままでは戻れないから、少し時間をつぶしましょう……）

「……アシェリー」

そう呼びかけられて振り向くと、そこに立っていたのはサミュエルだった。

アシェリーは慌てて目元を手で隠す。

「……ちょっと埃が目に入ってしまったみたい」

「……そっか」

サミュエルはそれ以上追及しなかった。

居たたまれなくなって、アシェリーはその場を後にする。もっと一人きりになれる場所を探そうと思ったのだ。

しかしラルフが遠くからこちらに向かってくるのが見えて、アシェリーは別方向に足を向ける。

（どうしてこっちに来るの？　聖女様は……？）

戸惑いながらも、今は顔を合わせるわけにはいかなかった。泣いている理由を説明したくない。

アシェリーがその場から遠ざかりながらそっと背後を窺うと、サミュエルがラルフを睨みつけている姿が目に入った。

その不敬さにギョッとしたが、ラルフは気まずそうに視線を逸らすだけだった。そして、サミュエルと会話することなく彼はテントに戻っていく。

サミュエルは、もしかするとアシェリーの気持ちを慮って行動したのかもしれない。けれど、その命知らずなやり取りに肝が冷える。

（……でも、今の陛下は意味が分からない）

アシェリーのことを追ってきたこともだが、サミュエルとの険悪な態度も。原作と違うことばかりだ。
それに期待と不安を覚えながら、アシェリーは胸を押さえて、そっと息を吐いた。

第七話 ◆ 本当の気持ち

その晩、アシェリーはカサリと木の葉と靴がかすれるような音で目を覚ました。テントの外からだ。

アシェリーは半身を起こして、暗闇の中で目を凝らす。

真っ暗なテントの中では、女性の医務官や使用人達が雑魚寝している。ラルフはアシェリー専用のテントを用意してくれようとしたが、さすがに一治療師がそんな特別扱いを受けるわけにはいかないと固辞したためだ。

昼間は魔物狩りで負傷した兵士の手当に尽力していたので、皆すっかり疲れて寝入ってしまっている。

(今の音は何かしら……?)

視線を巡らせると、月明かりがテントの布越しに人影を映していた。外からだ。

アシェリーが恐々とテントから顔を出すと、そこには神官らしきローブをまとった女性が立っていた。頭に目深にフードをかぶっているので表情は分からない。

「すみません。じつは怪我をしてしまった人がいるので、来てもらえますか?」

そう問われて、アシェリーは困惑する。

「ええ。もちろん、すぐに誰か他の人を起こして救助に……」

「あなただけで良いので……ッ！　急いでください！」

「えっ……は、はい！」

怪我をした誰かがいると言うなら放っておけない。

その女性神官は無理やりアシェリーの手をつかんで引っ張った。ギュウギュウと握られて痛い。

「走りますから、手首をつかまなくて大丈夫ですよ……！」

「なら、さっさとして！」

品行方正なはずの女性神官らしくない物言いにアシェリーはギョッとしつつも女性の後を追う。

（でも、この声って……）

アシェリーは当惑しながらも、自分の前にいる女性の正体に気付いていた。聖女アメリアだ。

（怪我人がいるから気持ちに余裕がなくなっているかしら……？）

聖女が自分に助けを求めてきたのは別に良い。だが誰かが怪我をしたなら、アシェリーではなくても癒しの力があるアメリアならば治せるはずなのだ。そもそもアシェリーと同じ治癒の力を持っているから彼女は魔物狩りに付いてきたはずなのに。

（どうして……でも、もし本当に怪我人がいて聖女様だけでは手が足りないなら放っておけない……）

しばらく走ったが、どんどん野営地から遠ざかっているようでアシェリーは不安に駆られる。

「こんな森の中にいるのですか……？」

（いったいどこまで行くの……？）

アシェリーが声をかけても、女性神官の足は止まらない。

「良いから！　早く！」

困惑しつつもアシェリーは女性神官を追って行く。

そうしてたどり着いたのは、不自然なほど大きい満月が照らす崖の上だった。

「……ここから仲間が落ちてしまったんです」

女性神官に崖の下を示され、アシェリーはギョッとした。

「ここから……!?」

恐る恐る崖の下を覗き込む。下は暗くてよく見えないが、流れの速い川があるらしく激しい音がしていた。

「これは私一人では対応できません。早く応援を呼ばないと……っ！」

アシェリーは焦って、そう言った。

崖の下を捜索するにしても、治療師のアシェリーが一人では荷が重かった。それに夜だ。慣れていない者には危険すぎる。

「いったん戻りましょう！」

アシェリーがそう言って振り返った時――。

「……あなた、転生者でしょう？」

アメリアはおもむろにフードを下ろして、アシェリーに向かって言った。

どきりと心臓が跳ねる。

（転生者……？　彼女がそう言うということは……）

「……もしかして聖女様も？」

おずおずと、そう尋ねる。

「そうよ。せっかくヒロインに生まれたのに、脇役のあなたが原作通り行動しないからストーリーが狂っているじゃない。悪女なら悪女らしく振る舞いなさい！」

そう痛烈に批判されて、アシェリーは言葉を詰まらせる。

（悪女なら悪女らしく……）

それは周囲の人々を――そしてラルフを傷つけるということだ。いくら台本と違うと言われても、アシェリーはもうそんなことはできない。

ぐっと拳を握りしめる。

「……できません」

「はあ？　何を言っているの？　頭おかしいんじゃないの？　最近まで、あなたは紛れもなく悪女アシェリーだったじゃない！　どうして私の邪魔するのよ！」

「アメリア様が陛下と結ばれるのなら……それを止めることはしません。私のこれまでの悪事は否定できませんし、簡単に陛下に許してもらえることではないので」

邪魔はしない。けれど悪女にもならない。

それがアシェリーのできる最大限の譲歩だった。

しかし、アメリアは頭に血がのぼったらしい。

「邪魔なの！　消えろ！　この悪女が……ッ」

アメリアの手が伸びてくる。

アシェリーの喉がつかまれた瞬間、誰かが叫ぶ声が響いた。

「アシェリー⁉」

その姿は――ラルフだった。背後には従者と兵士もいる。その姿を見て、アシェリーはホッと息を吐く。

「へ、陛下⁉　なぜ、ここに……」

狼狽しているのはアメリアだった。

怒りの表情をたたえて近付いてくるラルフに青くなっている。

「違うんです。これは……ッ」

「何が違うと言うんだ。今、俺の妃の首を絞めていただろう！」

（妃⁉　ラルフ、離縁したのを忘れちゃったの？）

頭に血がのぼってラルフは離婚したことを忘れているのか、とアシェリーは困惑する。

「そ、それは……」

アメリアが後ずさりする。崖の方へ。

「あっ……！　そっちは……」

アシェリーが止める間もなく、アメリアは足を崖から踏み外してしまう。

「え……？」

とっさに体が動いた。

アシェリーは空中に投げ出されたアメリアの手をつかみ、ぐるりと投げるように彼女を崖の上に戻す。

けれど、その反動で自分の体が宙に投げ出されてしまった。

「あ……」

アメリアとラルフの驚いているような顔。

アシェリーはすぐに状況を理解して、内心仕方ないなと諦めて微笑む。

（……もうこれ以上誰も傷つけたくないもの）

それは治療師としての矜持であり、過去への懺悔のために。

けれど予想外のことが起きた。

伸びてきた手につかまれ、抱き寄せられたのだ。

「へ、いか……？」

ラルフが崖から飛んで、アシェリーを抱きしめていたのだ。

そのことにようやく気付くが、理解が追いつかない。

「空気を吸って、息を止めろ！」

強く抱きしめられながら、ラルフがそう大声で命じた。アシェリーはハッとして口を閉じる。

真下は激流だ。

すぐに大きな衝撃が体を襲った。

◇◆◇

パチパチと火が爆ぜる音が聞こえる。

（温かい……）

何か温かいものに包まれていることに気付いて、アシェリーは薄ら目を開けた。

半裸のラルフが目の前にいた。しかもアシェリーの衣装は半ば脱がされかけている。

「は？　え……っ？」

（どういう状況⁉）

混乱して真っ赤になっているアシェリーからすばやく退いて、ラルフは狼狽した様子で深々と頭を下げた。

「す、すまない！　これは違うんだ……ッ！　別に変なことをしようとしたわけじゃなくて、衣服が濡れたままだと風邪をひいてしまうから！　とりあえず上着だけでも脱がして乾かそうかと思っただけなんだ……！　誤解だ！」

慌てふためくラルフ。

ラルフの上着は焚火のそばの大きな石の上に広げられており、乾かしている最中のようだ。だから半裸だったのか、とアシェリーはようやく状況を理解して、露出した胸元を腕で隠した。安堵したが鼓動はまだ速いままだ。

「あ……そ、そうなんですね。な、なるほど……大丈夫です。状況は、飲み込めました」

どうやらアシェリー達は洞窟の中にいるらしい。川のそばにあるのか、入り口の暗がりの向こうからは水音が聞こえる。まだ時間は真夜中だろうか。

(どうにか溺れ死ぬことは免れたみたいね……)

髪もぐっしょり濡れていたし、衣服は肌に張り付いて気持ち悪い。だがラルフが焚火を用意してくれたから、いずれ乾くだろう。

ラルフは気まずげに視線を逸らしながら言った。

「その……風邪をひいてはいけないから、お前も脱いだ方が良い。濡れた上着を絞って、火のそばに置いておけば乾くだろう。俺は反対側を向いているから」

元夫婦だというのにぎくしゃくしすぎである。

(でも一緒に夜を過ごしたこともないんだもの。仕方ないわよね……)

アシェリーも挙動不審になっていることを自覚しながら言う。

「あ……そ、そうですね。お気遣いありがとうございます」

(確かに、このまま服が濡れていると寒いわ)

秋口とはいえ、夜は冷える。ラルフは理性的な思考で、アシェリーの服を脱がそうとしたのだ。そこに深い意味はないはずで、己の勘違いが恥ずかしくなる。

ラルフは洞窟の入り口の方に体を向けてくれていた。

「うう……」

アシェリーは濡れた衣服を苦労して脱ぐと、それを絞ってラルフの服の隣に並べる。

（心もとないわ……）

アシェリーは両腕で体を抱いた。顔が燃えるように熱くなっているのを感じる。

下着は着ているものの、貴族の子女にとって下着なんて、もう裸も同然だ。

ラルフが後ろを向いたまま申し訳なさそうに言った。

「……どうにか岸辺まで泳いで洞窟を見つけたが、この夜陰では身動きが取れなくてな……。兵士達が捜してくれるだろうが、捜索にも時間がかかるだろう」

「あ……いえ！　助けていただき、ありがとうございます。すみません。少し動揺していて伝えるのが遅くなってしまい……」

アシェリーはそこで、後ろを向いたラルフの背や腕に傷や打撲の痕があることに気付いた。

「ラルフ、傷が……！　すぐに手当てします！」

アシェリーは慌ててラルフの元まで寄っていくと、手が触れないように気をつけながら治療を開始した。

（もっと早く気付いていれば……いえ、そもそも陛下を傷つけてしまうなんて……）

アシェリーは唇を噛む。

「申し訳ありません、ラルフ……お体に傷が……」

ラルフは軽く肩をすくめた。

「気にしなくて良い。鍛錬していたら傷なんて日常茶飯事だ」

「ですが……」

「俺が良いと言っているんだ。……それよりお前に怪我がなくて良かった」

アシェリーはその時ようやく、自分がかすり傷ひとつ負っていないことに気付いた。

おそらく崖から落ちる時も川の中でも必死にラルフが護ってくれたのだろう。気絶した人間を救助することは大変だっただろうに。自分の身を顧みずに助けてくれたことが嬉しくて、それ以上に心苦しかった。

「ありがとうございます、助けていただいて……」

涙がじんわりと込み上げてきて、後ろを向いているラルフに気付かれないようにこっそりぬぐった。

しかし鼻をすする音で泣いていることを察してしまったらしい。

ラルフはギョッとした様子で後ろを向いたまま問いかけてくる。

「え⁉　ど、どうしたアシェリー？　泣いているのか？」

「いえ……すみません。陛下を傷つけてしまったことが申し訳なくて……」

ラルフが息を呑んだ気配がした。

「陛下は王です。この国の民にとって唯一無二の高貴な存在です。たとえ元王妃であっても、あなたが危険を冒して助けるべき存在ではありません」

アシェリーがそう語気を強めて言うと、ラルフは表情を皮肉げに歪ませる。

「……妃の一人も護れない王など、価値はない」

「……妃？」

ラルフは慌てた様子で咳払いをする。

「民の一人という意味だ」

（……そうか）

ラルフは国民一人一人を大事にしている。側仕えしてくれている者はもちろん、一兵士や町民達も。憎んでいた元妻でさえ無下にできないほど情に厚い人なのだ。

「……そういうところが、きっとラルフが民に好かれるところなのでしょうね」

アシェリーの言葉にラルフは一瞬沈黙してから言う。

「……お前は？」

「えっ？」

ラルフの横顔は赤い。

「お前も俺の民の一人だろう。ならば……俺に好意を持ってくれているのか？」

「は、ぇ？　は、はい。もちろん……？」

声が裏返ってしまったが、どうにか肯定する。

「そう、か……」

何だか妙な空気が流れて、アシェリーは落ち着きなく顔にかかった髪を耳にかけた。首筋が熱を帯びている。

（ラルフは男女の意味で聞いているわけじゃないんだから、誤解しないようにしないと……）

その時、アシェリーは焚火で暖かいが、ラルフは体の横しか当たれていないことに気付いた。

「あの……ラルフ。私は大丈夫なので、体の前から焚火に当たってください。その体勢だと冷えます」

アシェリーがおずおずと言うと、ラルフは戸惑いがちに聞く。

「良いのか？」

「はい」

（というか、私が許可を出すようなことではない気がするのだけれど……）

紳士な彼だから遠慮していたのだろう。

ラルフはゆっくりと焚火に正面を向けた。視線をあまりアシェリーに送らないようにしているのは気遣いからだろうか。

「でも、なぜあんな危険なことをしたんだ。無事だから良かったものの……崖から落ちそうになっている相手を助けようとするなんて……。危うくお前が命を落とすところだったんだぞ」

ラルフは厳しい口調でそう言った。

アシェリーは、ぐっと押し黙る。全くその通りで反論できない。

ラルフはまだ言い足りないようで、小言が続く。

「しかも、相手は聖女……いや、聖女と呼ぶのもおこがましいな。お前を害そうとしたんだから……そんな相手をなぜ助けた？」

そう問われて、アシェリーはすぐに返答できなかった。確かにアシェリーが聖女を助けることは利がないと言われたらそうなのだろう。恋敵であり、己に危害を加えようとした相手だ。

（私は、どうして……）

「とっさに体が動いていたんです」

それは事実だ。だが、それだけが理由でもない気がする。

ラルフは嘆息した。

「だが無謀だ。今回は俺が助けられたから良かったものの……もう、二度とあんな危険なことはしないでくれ」

そう切ない声で乞われて、アシェリーは息が止まりそうになる。

（そうか……運よく助かったけれど、もしかしたらラルフと一緒に死んでいたかもしれないのよね）

まるで心中する男女のように。

――そうしたら死ぬ時だけは一緒でいられるのかと、ほの暗いことを考えてしまった。

「……それとも、もしかしてお前は死にたかったのか？」

強張った表情のラルフの言葉に、アシェリーは凍り付く。

（……死にたかった？）

その言葉は、すとんと自身の中に落ちてきた。

アシェリーは消えてしまいたかった。愚かだった過去を思い出すたび、彼を諦めようと決意した後も。

治療師として人々に奉仕しながら、ラルフと聖女の幸せだけを祈って生きていく。それが償いだと思ってきた。

けれど長い時間それに耐えられるか自信はなく、心のどこかではさっさと生を終わらせられたらどれほど楽だろう、と思っていたのかもしれない。

愛する人と別の女性の幸福な姿を見続けることができないと分かっていたから、王都から離れようとも思っていた。

だからきっと、アメリアを助けるためとはいえ、躊躇もなく崖から飛び降りてしまったのだろう。——やっとそれに気付く。

アシェリーは深く息を吐いて、涙がにじんできた目元を押さえる。

「……そう、ですね。陛下とアメリア様がお幸せになられる姿を見ているのが辛かったので……」

ラルフはぽかんとした表情でアシェリーの方を向きかけて——あられもない姿を見てしまいそうになったのか、慌てて顔を戻す。

「え？　俺と聖女が……なんだって？」

「その……陛下とアメリア様がご結婚なさったら……」

「俺と聖女が結婚⁉　なぜ⁉」

ラルフがこちらを向いて問いただしてくる。心底わけが分からないといった様子だ。

アシェリーは頭の中で疑問符が浮かびながらも首を傾げる。

「え……だって、陛下と聖女様は想い合っていらっしゃるでしょう？」

「まずそこからおかしい！　俺は聖女のことは何とも思っていない！」

「え……？」

もうこの時点で二人は相思相愛のはずなのに、ラルフは聖女と何もないというのだろうか。

（原作とは、もう完全にかけ離れたストーリーになっているの……？）

アシェリーは当惑しながらラルフを見つめた。

熱を帯びた青い瞳に射抜かれ、一瞬息ができなくなる。

「アシェリー……」

「は、はい……」

「その……どうして、俺と聖女が幸せそうな姿を見ているのが辛いんだ？」

その問いかけの答えをすでに察しているのか、ラルフの頬は紅潮していた。

アシェリーの全身の熱が一気に上がる。誤魔化そうかと悩んだが、自分の気持ちは昔から知られていることだ。今さら隠したって意味はない。

「そ、それは……ラルフをお慕いしておりますので……すみません！　二度と愛さないなどと言っておきながら、未練たらしく諦めきれず……でも誓って、ラルフの幸せを邪魔する気などありませんから、ご安心ください……っ」

「アシェリーが俺のことを？」

何度も確認するのはやめて欲しいと思いつつ、アシェリーは肯定する。

「は、はい……私の気持ちはご存じのはずでしょう？」

アシェリーは耐えきれず顔を両手で覆う。

ラルフは押し黙った後、深く息を吐いて自身の顔を撫でた。

「……てっきり愛想を尽かされたのかと思った。お前は俺のことを避けているようだったし」

「それは……今までが不躾すぎたので……。それに陛下が私のことをお嫌いなことは存じ上げております。ですから……遠慮しておりました」

自分で言っておきながら自分の言葉に傷つく。

涙目になったアシェリーの手を、ラルフはそっとつかんだ。見たことがないほど彼は真剣な表情をしていた。

「……嫌いではない。確かにお前を憎んだ時もあった……だが、今のお前に過去のわだかまりをぶつけることは、なぜか違うような気がしてならないんだ……もちろん、この十年を思えば簡単に水に流せるわけではないが……それでもアシェリーが変わろうと努力しているから俺も悪い部分ばかり見るのはやめた。今ではお前に一目を置いている」

「ラルフ……」

アシェリーは呆然とつぶやく。

ラルフの言葉で、心のどこかで自分に嵌めていた枷から解放されたような気がした。

じわじわと内側から喜びが駆け上がっていく。

彼は視線を外して、どこか恥ずかしそうに首を掻いた。

「……俺もじつは謝罪しなければならないことがある。……その……とても言いにくいことなのだが……」

アシェリーは姿勢を正す。どんなことでも受け入れるつもりだった。

「何でしょうか？」

「……じつは離婚していないんだ」

「……えっ？」

アシェリーは硬直する。言われたことがすぐに理解できない。

（え？　離婚していない？　えっと……つまり、私とラルフはまだ夫婦関係にあるということ……？）

ラルフはきまり悪そうだった。

あまりにも予想外なことを言われて、アシェリーは頭が真っ白になる。

「その……最初はお前に言われた通り離婚するつもりだった。だが、アシェリーが何か企んでいるのでは、と警戒して様子を見ていたんだ。そして、そのまま離縁状を出すタイミングを見失ってしまって……」

ラルフがゴニョゴニョと言い訳めいたことを口にする。

「そう……だったんですね」

そう言うしかなかった。まだ気持ちの整理ができていないが。

（離婚していない……え？　離婚していない？　本当に？）

アシェリーはプチパニックに陥る。

「だが、これで良かったんだと思っている。アシェリー」

「は、はい……」

　ギュッとラルフに両手を握りしめられ、アシェリーの胸が高鳴る。

「俺達、もう一度やり直さないか？　今度は名ばかりではなく、本当に信頼し合える夫婦になるために。……どうか王宮に戻ってきて欲しい」

「ラ、ラルフ……でも良いんですか？」

　アシェリーは驚きつつも問いかけた。

「――もちろん。俺もお前に惹かれている」

　熱のこもったラルフの言葉に、アシェリーは表情を泣き笑いに歪ませる。耐え切れなくなった涙がこぼれた。

（夢みたい……）

「嬉しいです……とても」

　言葉がうまく出なかったが、どうにかそれだけ言う。

　ラルフは「そ、うか……」と上擦った声で言うと、そっとアシェリーの頬に指を這わせて涙をぬぐってくれた。

　至近距離から交錯する視線に、これまで感じたことがない喜びを覚える。

「……俺もだ」

　そうこぼして、ラルフはアシェリーに口付けた。

第八話◆アメリアの無謀な企み

二人で寄り添っているうちに夜が明けた。

洞窟の外から「陛下──!」と呼びかける声と複数の靴音が響いている。

(助けが来てくれたのね……)

アシェリーは名残惜しい気持ちを堪えて、ラルフの胸から顔を上げた。少しウトウトはしたが、岩場と砂場であまり寝心地はよくなかったし、何よりラルフがそばにいたから緊張してなかなか寝付けなかった。

ラルフも同じなのか、少し目の下にクマができている。

「陛下……そろそろ行かないと」

そうアシェリーが声をかけると、

「……ああ、そうだな」

ラルフはそう残念そうな表情で言うと身を起こした。そしてアシェリーに手を差し伸べてくれる。

アシェリーは抑えきれない喜びに笑みを浮かべて彼の手を取った。

「こんな日が来るなんて嘘みたい……」

自分は悪女で断罪される立場だったのに。

「俺も未だに実感が湧かない。絶対にお前と結ばれることなんてないと思っていたから……でも嫌な気分ではない。むしろ、とても幸せだ」

そう言ってラルフはアシェリーの頬に落ちた髪をすくってくれる。そっと唇が落ちてきて、二人は影を重ねた。

——その時、何かが落ちるような音が洞窟内に響いた。

アシェリー達が慌てて身を離すと、洞窟の入り口には兵士達とサミュエルの姿があった。先ほどの音はサミュエルが持っていた木の棒だったらしく、石の上で棒が揺れている。その場にいる者達は全員唖然とした表情をしていた。

「サミュエル⁉　あっ、こ、これは、その……っ」

アシェリーがどうにか言い訳をしようと真っ赤になって何か言おうとしたが、サミュエルは自らの顔を片手で覆って手を振る。

「……もう察したよ」

その時、救護班がラルフの元へ駆け寄ってきた。衣装はボロボロだったが体には傷一つなかったので安堵した様子だ。

「良かった。アシェリー様が一緒だったので、無事だったんですね」

「まぁな」

ラルフがそんなふうに従者達とやり取りをしていた。

手持無沙汰だったアシェリーはサミュエルに近付いた。サミュエルは困ったような顔で笑っている。

「……本当は、アシェリーの気持ちに気付いていたよ。でも付け入る隙を狙っていたんだ」

「サミュエル……」

「アシェリーが幸せなら、それで良い」

サミュエルがそう言った時、アシェリーは背後から誰かに抱きしめられた。

「きゃっ……ラルフ⁉」

振り返るとラルフがいた。

「もう彼女を不安にさせることはない」

なぜかラルフはサミュエルにそう宣言した。それが嬉しいのと同時に恥ずかしくて、アシェリーはラルフの手をギュッと握りしめる。

サミュエルは苦笑して「……じゃあ、そうしてください。俺は陛下の代わりなんて務まらないから」と言うと、手をひらひらさせて去って行った。

（サミュエル……）

アシェリーは心の中でサミュエルに感謝の気持ちを伝えた。

ラルフに抱きしめられ、その温かさに身を委ねる。晴れ渡った青空が広がる中、アシェリーは幸せを実感した。

——しかし周囲の祝福するような生温かい視線に気付き、次第に居たたまれなくなってくる。

アシェリーはラルフから身を離した。咳払いして話題を変える。

「ところで、聖女様はどうなるのでしょうか……？」

アシェリーが崖から落ちたのはアメリアを助けるためだった。しかし、その直前に彼女がアシェリーにつかみかかったところをラルフに見られてしまっている。

（さすがに無罪放免とするわけにはいかないかも……）

相手が聖女とはいえ、アシェリーはまだ王妃の地位にいることはラルフから知らされた。政教分離しているこの国では聖女より王妃の方が立場は上なのだ。アシェリーを害そうとしたなら捕らわれても仕方がない。

「どうやら、夜陰に乗じて逃げたようだ。兵士達が崖から落ちた俺達を捜そうと大混乱に陥っているうちにな」

苦々しくラルフは吐き捨てる。

アシェリーは呆然とした。

「逃げた……？」

（確かに素直に兵士につかまるような性格には見えなかったけれど……でも、いったいどこへ……？）

アシェリーが悶々としていると、ラルフは顎を撫でながら言う。

「神殿か、聖女の養父がいるシュヴァルツコップ侯爵のところが有力だ。どちらにも使いを出す」

「……けれど彼らが簡単に聖女を引き渡すでしょうか？」

胸に湧いた不安を押し隠して、アシェリーはラルフの胸に顔を埋《うず》めた。

アシェリーの疑問に、ラルフはニヤリと笑みを浮かべる。

「俺に考えがある」

◇◆◇

（どうしてこんなことに……っ！）

アメリアは夜の森を苦労しながら走っていた。途中で何度も転び、頬や手足に傷を作る。

（あの女が勝手に私をかばって落ちたのよ！　私のせいじゃないわ……！　ラルフ様だって、あんな悪女を助けようとしなければ崖から落ちなかったのに……っ）

きっと、二人は助からないだろう。そう思いつつも万が一生きて発見されたら、アメリアは元王妃暗殺未遂容疑で取り調べを受けることになるかもしれない。それは嫌だった。

（いや、考えたくないけれど……もしかしたら国王暗殺の疑いまでかけられてしまうかもしれないわ）

でも神殿までたどり着けば逃げられるはずだった。

（私は聖女なんだから、神官達は命にかえても私を護るはずだわ……！）

ラルフ達が亡くなっていれば、アメリアのしわざだという証拠はない。

アメリアはアシェリーを殺すつもりではあったが、殺せなかったのだ。勝手に悪女がアメリアをかばって落ちただけ。アメリアが野営地からいなくなったことで犯行を疑われても、しらを切り通せば済む話だ。

街まで降りると、早朝から出ている辻馬車に乗って数時間かけて神殿に向かった。

衛兵達はアメリアのボロボロの姿に驚いたようだった。

アメリアは絶対に誰が来ても面会しないと告げて、豪華な食事をし、お風呂で体を磨き、ゆったりと広い浴槽に身を沈める。そうすると、あの森でのことが嘘のように思えてきた。

（まあ、ここにいたら安全よね。だって私は聖女だもの。この聖女の証がある限り、神殿は私を王宮に渡すはずがないわ）

そう思いながら、アメリアは右手の甲にある聖女の紋章に触れた。それはアメリアを貧民窟から救ってくれたもの。神に選ばれたという証明だ。

――しかし、その紋章が昨日よりも薄くなっているような気がした。

「あら……？」

見間違いかと思って目をこするが、紋章はみるみるうちに消えようとしていた。

「聖女様？　どうなさいましたか？」

その時、浴室でアメリアの体を洗う手伝いをするために控えていた女性神官が不思議そうに声をかけてきた。アメリアは慌てて右手を湯につける。

「なっ、何でもないわ！　もう良いからここから出て行って！」

「しかし、まだ汚れを落としておりませんが……」

「自分でやるから良いわ！　何度も言わせないで！　この愚図‼」

アメリアがそう叫ぶと、女性神官はきゅっと唇を引き結び、深く頭を下げて出て行った。

肩で荒い息をしながら、アメリアはそっと右手を持ち上げる。

「なんで……」

昨日まで確かにアメリアには聖女の証がはっきりとあった。けれど、もう完全に消えてしまった。

聖女の資格を失ったのだと気付いても、それを認めることはできなかった。

「い、いや……大丈夫。紋章の形は覚えているもの。部屋に同じ色のインクもあったはず。自分で描けば良いのよ……！」

必要以上に人に見せないようにすれば疑われることはない。

アメリアは急いで部屋に戻り、人払いをして手の甲に紋章を描いた。何度も形が崩れそうになりながらも記憶の中のそれを再現する。近くで見られたら危ういが、遠目には違いは分からない。

これでもアメリアは前世で美術部員だったのだ。

「……で、できた。私は聖女よ……聖女なんだから……」

アメリアの手は震えていた。青ざめた顔で、髪を掻きむしる。

「あの悪女のせいだ……っ！　私の未来を、あの女が壊したんだ‼」

息荒く拳で机を叩きつけた時、遠慮がちに扉がノックされる。

「せ、聖女様。総主教様がいらっしゃいました」

「総主教様が⁉」

アメリアの顔が歓喜で輝く。

総主教は神殿の最高位の老人だ。聖女であるアメリアを崇拝しており、神官達の信頼も厚い。

（やったわ、総主教様なら私の無罪を信じてくれるはず。悪女とラルフ様が生きていようが死んでいようが、もう心配いらないわ）

「お通して」

アメリアがそう言うと、総主教がたくさんの武装した神官達を連れて入ってきた。その物々しさに目を丸くする。

「総主教様、どうなさったのですか？　とりあえず、おかけください。今お茶を……」

「いや、お茶など飲んでいる場合ではないからいらぬ」

その言い方にアメリアはギョッとした。彼はアメリアに対してこれまで丁寧な言動を欠かさなかったというのに。

「ど、どうなさったのです？　総主教様……何だかお怒りのご様子ですが……？」

アメリアは内心苛立ちつつも、そう猫なで声で言った。総主教には味方になってもらわねば困るから下手に出たのだ。

総主教は眉間に深いしわを刻んで、これまで聞いたことがないような重々しい声で言った。

「陛下が聖女の行方を捜している。大変なことをしてくれたな。王妃様に害をなそうとするなど……」

その言葉にアメリアは目を剥き、事態を理解した。

（ラルフ様と悪女は無事だったのね……）

ギリリと奥歯を噛んだ。

（死んでくれていたら死人に口なしで面倒もなかったのに……）

それに味方してくれると思っていた総主教の態度にも腹を立てていた。今までは聖女だからとあんなに媚びへつらっていたくせに。期待外れも良いところだ。

（いや、まだ私は聖女よ。万が一私の罪が暴かれたとしても、聖女である私の罪はそこまで重くされないはず。相手は嫌われ者の元王妃なんだから……）

長い袖に隠れている紋章を片手で押さえながら、アメリアは汗を浮かべ尋ねる。

「王妃様？　それって、あの悪女のことですか？　もう陛下とは離婚したから、ただの子爵令嬢でしょうに」

「いいや。お二人は離縁なさっておらぬ。巷では、なぜかお二人が離婚なさったと噂されているが……」

「え……？　うそ……嘘よ、そんなの……！」

「本当だ」

愕然とした。

現王妃の殺害を試みたことを知られたら、一般人なら処刑は免れない。たとえ聖女でも、ただでは済まないだろう。

アメリアは総主教にすがりついた。

「総主教様、私は何もしていませんわ！　信じてください！」

「……ならば、どうしてお一人で戻ってこられたのだ」

「それは……あんな場所にずっといるのが嫌になったからですわ。そのくらい別に良いでしょう？」

事も無げにそう言ったアメリアを、総主教は苦々しげな表情で見つめる。

「……こちらの神殿で働く者達から、あなたの振る舞いが聖女にふさわしくないと聞いている。我が儘放題で、神官達に手を上げると」

「わ、私は上に立つ者です！　時には下の者を正すために必要なことですわッ！」

叫ぶアメリアに、総主教は重々しくため息を落とし自身の顔を撫でた。

「なるほどのう……ワシは聖女の証に目が眩んでおったようだ。正しいこととそうでないことの区別もつかないほどに」

「そ、総主教様……？」

アメリアは嫌な予感を覚えた時、神官達に取り押さえられた。

「な、何よ！　あなた達！　私を誰だと思っているの⁉　私は……っ！」

地面にうつ伏せにされたアメリアに向かって、総主教は冷たく告げる。

「あなたは教会の権威を失墜させた。せっかく神からいただいた力を使わず、自分本位に振る舞った。それゆえに神殿から追放を命じる」

「そ……そんな！　私は間違いなくヒロインなのに⁉　落ちぶれるなら、あの悪女アシェリーのはずでしょう⁉　総主教様も陛下もどうして、あの女を捕まえないのよ⁉　皆して頭イカレちゃったの⁉」

そうわめくアメリアに、周囲を囲っていた神官達がざわめく。

「悪女って、王妃様のことをおっしゃっているのか……？」

「なんと不敬な……」

「王妃様、思っていたより気さくな御方だよな。俺、毎週治療してもらっているんだ」

「あっ、俺もだ！　え、お前もアシェリー様のファン？」

「医療革命を起こしたんだよな。それで騎士団での死者が激減したらしい。偉大な御方だ」

「私も息子を王妃様に救われたんだ」

「民のために自ら街で慈善活動をなさっていらっしゃる……なんと素晴らしい心根だろう」

「悪女の噂は確かにあったが、真っ赤な嘘だったみたいだな」

「それに引き換え、うちの聖女は……」

口々にそう言いながら白い目でアメリアを見る神官達。

アメリアは狼狽した。

人々の向けてくる視線がこれほど冷たかったことなどなかったのに。

「どっ、どうして⁉　悪女はあの女よ！　皆騙されているわッ！　聖女を捕らえるなんて天罰が下るわよ！」

さすがにその言葉は敬虔な信者達には無視できなかったらしい。表情を強張らせている。

総主教だけは肩の力を抜いて大きくため息を落とした。

「あなたを引き渡さなければ、陛下は宗派を替えるとおっしゃった」

「宗派を替える……？」

ヴィザル教カトツリクがこの国で一番信じられている宗教の一宗派だ。

しかし同じ神を信仰しながらも解釈の違いによって生まれた別のヴィザル教の宗派もある。

「そう、同じヴィザル神を信仰する宗教は他にもあるゆえ。……しかし、そんなことをされては我がカトツリク教は大打撃だ。王族が信奉するという後ろ盾がなくなれば、信者も他の宗派に流れてしまう。そうなれば聖女がいてもいなくてもカトツリクは終わる」

「そ、そんな……」

アメリアは呆然とつぶやいた。

自分がいる聖女の地位がそれほど簡単に崩れてしまう土台の上にあると知らなかったのだ。

総主教はアメリアを捕えている者達に「連れて行け」と命じる。

ガックリとうな垂れたアメリアを神官達が引き連れて行った。


「……私は終わったの？」

神殿の一室に監禁されたアメリアはつぶやいた。室内には誰もおらず鍵のかかった扉の外には見張りの神殿兵士がおり、窓には鉄格子が嵌っている。

聖女の証を確認されなかったのは幸運だった。そうでなければもっとひどい待遇を受けていただろう。

「こんなの小説にはなかった……！　おかしいわ！」

苛立ち、扉を叩く。

「誰か！　私をここから出しなさい‼　私にこんなことしてタダじゃ置かないわよ！　髪の毛を一本一本抜いてハゲにして、指と足の爪を剥いでやるんだから‼」

しかし扉の外にいる者は返事もしない。最初こそ「ご容赦ください」と申し訳なさそうに言っていた神殿兵士も、アメリアのしつこい暴言に嫌気が差したのか返事もしなくなった。

アメリアが怒り狂っていた時、扉の外からバタバタと何かが倒れるような音が響いた。

仰天して扉から退くと、間もなく鍵が開く音がして扉が開く。

そこに立っていたのは養父ヴェルナー・シュヴァルツコップ侯爵とその執事フィリップだ。二人とも四十ほどの年齢だが、シュヴァルツコップ侯爵は細身で受ける印象は鋭利で冷たく、執事は鍛えられた体躯の大男だった。

「お義父様！　助けにきてくださったのですか⁉」

アメリアの顔に驚きと喜びが広がる。

（てっきり利害が一致しただけの冷えた関係だと思っていたのに。優しいところもあるのね！）

シュヴァルツコップ侯爵は道端の潰れた虫でも見るような嫌そうな表情で言う。

「しくじったな。陛下を射止めると大口を叩いておいて、悪名高い王妃に負けるとは」

「わ、私だってあの悪女さえいなければ計画通りにできたんですよ」

アメリアは慌てて言い繕ったが、シュヴァルツコップ侯爵からは凍った目で見られただけだった。

「まぁ良い。計画は変更する」

「……変更？」

戸惑うアメリアは、その時にようやく扉の外に誰かが立っていることに気付いた。

「あっ、あなたは……」

そこにいたのは王弟クラウスだった。

「なぜクラウス様がこちらに……」

戸惑うアメリアに、クラウスが朗らかな笑みを浮かべて言う。

「どうやら、総主教は聖女であるあなたを軽んじているようだ。とても総主教の地位にふさわしくないから退任していただくことにした」

「退任……？」

その不穏な響きにアメリアは眉を寄せる。

（まさか総主教様を殺して……？）

それに思い至り血の気が引いたが、アメリアはブンブンと頭を振った。

（私を冷遇した者達だもの！　天罰を受けて当然だわ！）

「しかしなぜクラウス様が……」

アメリアはそう疑問を口にする。

クラウスはラルフの懐刀と言っても良いくらいの側近であり兄弟だ。ラルフとアシェリーに敵対しているアメリアにとって、決して味方とは言えない。

（原作では主人公がクラウス様に想いを向けられて三角関係になりそうなシーンもあったけど……）

最後にはラルフと気持ちを確かめ合って主人公は結ばれるのだ。クラウスは寂しそうに微笑みながらも「おめでとう」と二人を祝福したが、主人公を忘れられず放浪の旅に出る。その一途さに心打たれる女性読者も多い。

「ラルフ陛下の魔力は強いが、いつ暴走をしてもおかしくない爆弾を抱えている。幼少時は父上が兄上の魔力暴走を隠ぺいした。王妃……母上は病気で死んだと噂されているが……事実は違う。兄上の魔力暴走に巻き込まれたんだ。いくら有能でも周囲をいつ危険に陥れるか分からないような者に従うことはできない」

その淡々としたクラウスの物言いにアメリアは違和感を覚えたが、感情を映していない彼の瞳からは真意を読み取れなかった。

シュヴァルツコップ侯爵はクラウスの肩を叩く。

「私はクラウス様を支援している。新しい総主教には聖女に忠実な者を立てれば良い。ヴィザル神にはもっと敬虔な信徒もいる」

　クラウスは苦笑している。

「クラウス様だなんて、そんな他人行儀な呼び方はやめてください。俺はあなたの実の息子です。間もなく俺が王になった暁には、お父様には素晴らしい地位をお贈りさせていただきますよ」

　クラウスの言葉に、シュヴァルツコップ侯爵は満足げに微笑む。

「その言葉を待っていた。頼りにしているよ、我が愛する息子よ」

　二人の会話のやり取りから、アメリアはクラウスが王妃の不義の子なのだと察した。おそらく侯爵は亡くなった王妃の愛人だったのだろう。

（王を裏切り、国を乗っ取ろうとするなんて……）

　アメリアはシュヴァルツコップ侯爵の打算的な行動に慄いた。真実の愛に目覚めたために王妃と密通したというわけではないだろう。アメリアの知る彼はそんなに純粋な男ではない。

「……アメリア様も、私を支持してくれるなら悪いようにはしない」

　クラウスの言葉にアメリアは居住まいを正す。

（ここまできたら、もう後戻りはできないわ……！）

　目的を果たすためには、侯爵とクラウスの話に乗るしかない。

「もちろんでございますわ、クラウス様」

　ラルフに似た面差しのクラウスに微笑まれて、アメリアは胸をときめかせる。

（そうよ！　別に結婚するならラルフ様でなくても良いわ。クラウス様が王位を得れば……そして見初めてもらえたら私は王妃になれるんだもの……！）

聖女がクラウスの後ろ盾になる――神の名のもとに彼に王位を授けると宣言すれば、それを無視できない民や有権者も出てくるはずだ。

（まだまだよ。私はやり直せる……！　私を馬鹿にしたラルフ様も悪女アシェリーも地面に這いずり回らせて苦しめてやるわ）

アメリアはクラウスに媚びを売るように笑みを浮かべて、そう無謀なことを企むのだった。

第九話◆気付き

「アシェリー、晴れて両想いになったんだから王宮に戻ってきてくれるか？」

そうラルフからキラキラした瞳で見られ、アシェリーは言葉に詰まる。

（でも、そうしたら仕事は……）

アシェリーの担当する患者の中にはどうしてもアシェリーでないと対応できない者もいるのだ。彼らを見捨てることは良心が咎める。

しかし王妃という立場が知られてしまうと街の小さな治療院で働き続けることは無理があった。警備の問題もあるし、もし野次馬が押し寄せたら店も困るしラルフを心配させてしまうだろう。どうやら今までは陰ながら兵士の見張りをつけてもらっていたようで、そのままの生活を続けさせてもらえないかとラルフに尋ねたが却下された。

「聖女が……いや、元聖女だな。彼女と総主教が失踪した事件もある」

ラルフの物々しい表情に、アシェリーは頬を引き締める。

（アメリア様を捜すために神殿を訪ねたクラウスが死んでいた神殿兵士達を見つけたのよね……）

直前に何者かによって神殿が襲われてしまったらしい。そのせいで総主教とアメリアがいなくなってしまったのだ。自ら行方をくらませたのか誘拐されたのかも分からず、神殿がざわついているのは確かだ。

「わ、分かりました……ただデーニックさんに相談させてください。できれば私の患者さんはこれからも診たいので」

アシェリーがそう懇願すると、ラルフは苦笑する。

「ああ……そうだな。アシェリーは責任感が強い。弱い者も見捨てない、そんなところが愛しいんだ。患者達は王宮に来るようにさせたら良い。歩けない者は馬車を出そう」

そう甘くささやかれて、こめかみにキスをされた。


デーニックはアシェリーの退職を渋々といった様子で受け入れた。

「サミュエルと結婚して治療院を二人で経営してくれても良かったのにのぅ。アシェリーのような孫嫁が欲しかったんじゃ」

そう余計なことを言ってラルフに睨まれていたが。

サミュエルは寂しげな笑みを浮かべている。

「これからは王妃様って呼ばなきゃいけないな。もう気軽に昼飯に誘えない。残念だ」

「まぁ、サミュエル。そんな寂しいこと言わないで。これからもたまには一緒にお茶しましょう。私からも誘うから……って」

治療院の玄関口で仲間と別れを惜しんでいたアシェリーは、後ろからラルフに抱き上げられてしまう。

「ラルフ……っ⁉」

「そろそろ良いだろう？　王宮へ戻ろう」

急いたようなラルフの様子にサミュエルが苦笑して手を振る。

「アシェリーは独占欲の強い伴侶を持って大変そうだな」

そうぼやくサミュエル。アシェリーは頬が熱くなる。

（そうなのかしら……？）

記憶の中では冷たい目を向けられ続けた。前世の原作の記憶もヒロインを溺愛するラルフしか覚えがない。

そこにアシェリーはいないはずだった。

でも今は——。

アシェリーはラルフの背中をギュウと抱きしめる。

「アシェリー？」

不思議そうに尋ねるラルフに首を振って、アシェリーは笑みを浮かべた。

もう二度と大事なものを取りこぼさないように。

王宮に戻ってくると使用人達が王宮の門に待ち構えていた。使用人総出で大歓迎してくれて、アシェリーは面食らってしまう。

「み、皆、どうしたの？」

悪女の振る舞いを忘れたわけではないだろうに。

一緒に戻ってきたラルフは隣で苦笑している。

「皆、首を長くしてお前の帰りを待っていたんだ。『医療衛生』という概念を打ち立てて数えきれないほどの兵士達を救ってきたし。街の治療院で身分を隠して治療師として働いていたことも美談にされている。王宮の侍女の中にはお前に助けられた者もいるからな」

ラルフがそう言った時、使用人達の中から一人のメイドが前に出てきた。

「アシェリー様、お帰りなさいませ」

そう言って丁寧な礼をしたのは、かつてのアシェリーの侍女フィオーネ・ノイエンドルフだった。

「あなたは……」

以前アシェリーが魔力暴走しかけたところを助けた十八歳くらいの少女だ。フィオーネは満面の笑みを広げる。

「はい！　あの時はお救いくださり、ありがとうございました。再びアシェリー様にお仕えさせていただけて、とても嬉しいです。精一杯務めさせていただきますので、どうぞよろしくお願いいたします！」

　隣にいたラルフが苦笑した。

「アシェリーが戻ってきたら、また侍女になりたいとフィオーネに嘆願されていたんだ」

「そうなんですか？」

　以前の悪女アシェリーだったら、ありえない展開だ。

　フィオーネの気持ちが嬉しくて、アシェリーは微笑む。

「ええ、至らない主だけど、またよろしくね。フィオーネ」

　そう言ったアシェリーを見て、一部の使用人——特に以前のアシェリーに近しかった者達は一様に驚愕の表情を浮かべた。

　いくらアシェリー王妃が優しくなったと言われても、自分の目で見たことでなければ半信半疑になるものだ。だが噂は真実なのかもしれない、という思いに変わり始める。

　何より、アシェリーを優しく見つめる国王ラルフの表情が違う。

　以前の国王は、アシェリーに笑いかけられてもどこか冷めたような笑みを浮かべていたが、今の彼は心から愛おしそうな眼差しを妻に向けている。

「「お帰りなさいませ、アシェリー様！」」

　そう一斉に使用人達は喜びの声を上げた。


　使っていた王妃の部屋はそのままになっていたので衣装などに困ることはなかったのだが……。

（セ、セクシーすぎる……！）

アシェリーが両手に広げているのは胸元が大きく開き、へそまで見えているきわどいドレスばかりだった。信じがたいことに昔のアシェリーの趣味である。

「こ、こんな衣装を平然と着ていたなんて……」

アシェリーの苦悶の表情に、背後からフィオーネが困惑したように言う。

「えっと、どうかなさいましたか？　一応、お戻りになる前に全て衣装に虫食いや穴などないか調べましたが……何か気に入らないことがございましたか？」

「いいえ、そうじゃないんだけど……デザインが派手かなと……」

アシェリーは慌てて、そう答えた。

フィオーネはコテンと不思議そうに首を傾げる。

「そうですか？　アシェリー様にとてもお似合いでしたが……」

「うっ……」

アシェリーは呻きながら、姿見を見つめる。

ゆるく波打ちながら腰まで流れる赤い髪、きつめの眦と新緑のような瞳。そこに立っているのは抜群のプロポーションの女性だ。確かにそんなセクシードレスも悪女には似合うだろうが……。

（駄目、こんなのもう着られないわ……！　恥ずかしすぎる）

前世、奥手な日本人だったアシェリーは若者の腹見せファッションでさえできなかった。いくら見た目が変わったとはいえ、そんな度胸はない。

「もっと……地味なドレスはあるかしら？」

そう問えば、フィオーネは「数は少ないですが、ございます」と、うなずく。

「では、そちらに変えてちょうだい」

フィオーネはホッとしたように微笑んだ。

「かしこまりました。すぐにお持ちしますね」

（うう……、こんなドレスを着て人前に出るなんて恥ずかしいわ。二度と着ない！）

アシェリーは顔を真っ赤に染めて頭を抱えた。

持っていたセクシードレスは希望する侍女にだけ下げ渡し、残ったものは売り払った。数日後に職人にシンプルなデザインのドレスを新しく仕立ててもらうと、ようやく気持ちが落ち着けるようになった。

（一見地味だけど、とても質の良いものだわ）

よく見れば袖や襟元に細かい装飾がほどこされており、職人の腕を感じさせる。

「前のドレスも似合っていたが、こちらもアシェリーの性格をよく表しているようで良いな」

そう褒めてくれたのはラルフだ。

「ありがとう」

アシェリーはそうお礼を言ったが――。

（ラルフの距離感がおかしい……！）

アシェリーはラルフの膝の上にいた。

王妃の部屋はラルフの寝室と扉一つで繋がっている。鍵もかかっていないので、いつでも行き来できる状況だ。

これまではラルフはアシェリーを避けるようにほとんど政務室で過ごしていたから、アシェリーは寂しい思いをしていた。夜に寝室に戻らず、アシェリーは一緒に夜を過ごしたことがなかったため、白い結婚だと陰で侍女達に馬鹿にされていたのだ。

それなのに――。

ラルフは今では政務室に戻らなくなった。さすがに患者を治療している間はそっとしておいてくれるものの、アシェリーが自室や図書室で調べ物をしているとそこに執務机を持ってこさせて、いつの間にか隣で仕事をしている。

そして何故かこちらの方が集中できるから、と最終的に膝の上に乗せられているのだ。

ラルフの弟であり側近のクラウスや侍女達は生温い笑みで二人を見つめている。

(どうしてこんなことに……！)

頬を紅潮させたアシェリーがモゾモゾと身をよじると、それに気付いたラルフが言う。

「疲れたか？　休憩にするか？」

「は、はい……！」

(良かった～！　これで一時でも離れられる)

さすがにお茶を飲む時まで膝の上にはいられないだろう。アシェリーはそう思ったのだが――。

「どこに行くんだ、アシェリー」

ラルフから離れようとしたアシェリーは腰をつかまれてしまう。

「いや、だって、お茶を飲むんですよね？」

「俺の上で飲めば良いだろう」

「いや、だって、ラルフにこぼしたら火傷してしまいますし。それに大事な書類を汚してしまったら……」

「構わない。書類などまた作れば良いし、俺が火傷したらお前が治療してくれ」

そう言って、甘い笑みでラルフはアシェリーの赤らんだ頬に手を添えて唇を近付けてきて――。

「俺は何を見せられているんだ！」

突然ブチ切れて書類を引き裂くクラウス。

アシェリーは飛び起きて狼狽える。

「あっ、ご、ごめんなさい！」

アシェリーは茹でダコのように赤くなっていた。

クラウスはガシガシと頭を掻いている。

「仲が良いのはよろしいですが、そういうのは夜に二人きりの時にやってください」

兄と妻のいちゃつきを見せられるほど楽しくないことはないのだろう。

さすがに度を超えていたかもしれない、とアシェリーは焦る。

（よ、夜と言われても……）

アシェリーとラルフの白い結婚は続いている。王宮に戻ってきたし両想いなのだから障害はないのだが、まだ一線を越えられていないのはアシェリーの覚悟が決まっていないからだ。

　ラルフは肩をすくめる。

「どうした？　お前にしては感情的だな」

「兄上の理性が壊れすぎなのです」

「俺の理性は壊れていない。もしそうだったら、とっくの昔にアシェリーを押し倒して――」

「ラルフ‼」

　アシェリーは泣きべそをかきつつ、ラルフの口を手で覆った。

　最近は人前でも気持ちを隠さないラルフに、アシェリーは困り果てている。冷遇されていた時のギャップで感情がついていけない。

　クラウスはハァと大仰にため息を落として、こめかみを揉む。

「俺は別の部屋で書類作業をしていますから」

　そう言って部屋から出て行こうとしたクラウスをアシェリーは呼び止める。

「すみません、クラウス。ちょっと良いですか？」

「……どうしました？」

　クラウスは訝しげな表情でアシェリーの方を振り返った。

　アシェリーは目をすがめて、じっと彼の体を上から下まで眺め――。

「……体、不調ですか？」

「えっ……」

困惑気味のクラウスに、アシェリーは言う。

「魔力が滞っています。まだ魔力暴走を起こすほどではありませんが、最近気分も優れないのではありませんか？」

先ほどクラウスが怒りっぽかったのは、魔力の滞りが一因だろう。体の不調は精神の不調にも繋がる。

「それは……」

戸惑うクラウスに、アシェリーは近くのソファーを示した。

「座ってください。治療をします」

「い、いや！　俺は別に……っ！　何も王妃様にしていただかなくても！　他の治療師に頼みますから……！」

「でも、早く治した方が楽になりますし……」

そこでラルフが助け舟を出した。

「そうだぞ。クラウス、治してもらえ。アシェリーの腕は確かだ。俺が保証する」

そう言われて、アシェリーは面映ゆくなり微笑む。

クラウスは苦々しげな表情をしていたが、諦めたように嘆息した。

「……それではお言葉に甘えても、よろしいですか？」

「もちろん」

アシェリーはうなずき、ソファーに腰掛けたクラウスの隣に座る。彼の体に掌を近付けて目を閉じて魔力の流れを見ると、やはり流れが良くないようだ。

「治療しますね」

アシェリーはそう言って気になる箇所に手を近付ける。

クラウスは人に肌を見せるのを嫌う性分だということは王宮内でも知られているから、衣服は脱がさずそのまま治療することにした。

（少し時間がかかるかもしれないけれど……大丈夫かしら）

普段よりは少し時間がかかったが、よどんでいた魔力の流れがうまく循環していくのを感じてアシェリーは安堵した。

クラウスはリラックスして体の力を抜いている。

「楽になったでしょう？」

アシェリーがそう声をかけると、クラウスは閉じていた瞳を開けて首を縦に振る。

「ええ。ありがとうございます。体がポカポカして、体も軽くなりました」

「それなら良かった。しかし根本的な解決をしなければ再び魔力が滞ってしまいます。原因はたくさんありますが、ストレスや、睡眠不足や運動不足といった生活習慣からくるものが大半です。養生してくださいね」

アシェリーはそう微笑むと、チラリとラルフを窺い見る。どうやら側近の人と何かの打ち合わせをしているようで、こちらには注目していないようだ。その隙にクラウスに耳打ちする。

「……もしかして、最近陛下が私の部屋に入り浸りなせいで側近のクラウスの仕事の負担が増えているのですか？　だとしたら申し訳ないです。陛下に自重するよう伝えますから。こっそり教えてください」

真剣な表情でヒソヒソと言ったのだが、クラウスに噴き出されてしまった。

「いえ、そんなことじゃないですよ。兄上……陛下はどんな時でも完璧に仕事をなさっています」

確かにラルフはこれまでアシェリーにどれほど邪魔されても仕事を遅らせたことはほとんどない。

「そうなのですか？　それなら、なぜ……？」

アシェリーは首を傾げる。

これまでクラウスがそんなに魔力の流れで不調を起こしているのを見たことがなかった。

「あの……」

アシェリーは気になったが、クラウスは立ち上がり「それでは失礼」と一礼をして、さっさと立ち去ってしまった。

「終わったのか」

ラルフにそう声をかけられ、アシェリーは微笑む。

「ええ」

ラルフがソファーに手をついてアシェリーを囲い込むように顔を覗き込んでくる。

「クラウスと親しげにしていたようだが？」

その表情と雰囲気は嫉妬しているというよりも、からかってやろうという色が濃い。アシェリーもそれは分かっていたので唇を尖らせた。

「ラルフ」

アシェリーが非難めいた声を上げたからか、ラルフは降参というように両手を上げる。

「冗談だ。弟を治療してくれて、ありがとう」

「……クラウスは何かあったのでしょうか？」

ぽつりとアシェリーがつぶやくと、ラルフは片眉を上げて思案げな表情をする。

「何か気になるのか？」

「今まで彼があんなふうに気が乱れたところを見たことはなかったので。あれ以上放置しておけば魔力暴走を起こしていたかもしれません」

魔力暴走はめったに発生するものではない。だが、ラルフや先日の侍女のように潜在的に魔力の高い者は危険性がある。クラウスはラルフの弟なだけあって魔力量が多いのだ。万が一の時はとても危険だ。

――とはいえ、ラルフのように人並外れた魔力を持っているがゆえに治療者が見つからないなどの特別な事情がない限りは、多くの人は体の不調を感じたらすぐに治療するから問題は起こらないのだが……。

（クラウスは体の不調を感じていたのに放置していたのか、それとも急速に状態が悪化したのかしら……）

気付いていたのに放っておいたなら破滅的すぎるし、急激に体調を悪くしたなら、とても心配だ。

根本的な解決をしなければ、いつかまた魔力が滞り暴走してしまうかもしれない。

ラルフは真面目な表情で自身の頬を撫でる。

「さぁな。あいつのことはほとんど知らないから」

「え？　そうなのですか？」

「奴とは仕事の話以外はほとんどしないからな。家族だから、ある程度は話さなくても理解できるが」

肩をすくめるラルフに、アシェリーは目を丸くする。

「……仲が良さそうに見えましたが」

（そういうもの？）

兄弟姉妹のいないアシェリーはそれが普通なのか分からない。

ただ知識として友人のように仲の良い兄弟姉妹もいれば、ドライな関係もあるのは知っている。

ラルフは苦々しい表情で小さな声で言う。

「……昔はもっと仲が良かったんだがな。俺が魔力暴走を起こして母を……殺してしまってからは、よそよそしくなった。まあ当然だよな。俺はあいつの母親を奪ったんだから。それでもクラウスは側近として俺を献身的に支えてくれているが……たまに、あいつが何を考えているのか分からない時がある」

ラルフは寂しそうな笑みを浮かべている。

「ラルフ……」

アシェリーはそっと労るようにラルフの手に己の手を重ねる。

（ラルフの幼少期の魔力暴走は、クラウスの母親をも奪ってしまったんだわ）

アシェリーは居たたまれない気持ちになり、じっとクラウスが立ち去った扉を見つめた。

（確かに原作でも二人はギクシャクしていたけれど。何か私に力になれることはないかしら……）

元々距離のある兄弟だからどうしようもないことかもしれないが、二人の関係が改善するならそれに越したことはない。

それに治療師としてクラウスの体調も気にかかる。

アシェリーはラルフに耳打ちする。

「ラルフ、クラウスの様子を探ってもらえませんか？　最近の不調の原因が気になるので」

アシェリーの頼みに、ラルフは苦笑する。

「クラウスが気になるのか？　妬けるな」

「もう！　ラルフってば。そんなのじゃありません」

アシェリーがむっとした顔をすれば、「分かった、分かった」とラルフは肩を揺らす。

「密偵に探りを入れさせよう。俺もあいつの様子が気になるからな」

国王の忠実な下僕である隠密集団『王の影』が動くと知り、アシェリーはホッと安堵の息を吐いた。

第十話◆魔力暴走、アシェリーの決意

その日の午後、アシェリーが王宮の一室で馴染みの患者を治療していた時に騒動は起こった。

「アシェリー！　緊急だ。治療を手伝ってくれないか⁉」

兵士達に体を押さえられながら強引に部屋に入ってきたのはサミュエルだった。

「サミュエル？　皆、彼を放してあげて」

アシェリーの声掛けでようやくサミュエルは解放され人心地つく。息を荒らげている彼をアシェリーは当惑しながら見つめる。

「どうしたの、いったい……」

「貧民街の子供が魔力暴走を起こした。路地に怪我人がたくさんいる。じいちゃんや他の治療師も動いているが手が足りない。お前がいたら多くの人が助かる」

その言葉を聞いてアシェリーは背筋が伸びる。だがアシェリーが返事をする前に護衛が「何も王妃様が行かれなくても……貧民のことですし」と顔をしかめて言った。アシェリーは護衛を一睨みすると、サミュエルに言う。

「行きます。すぐに馬車の手配を」

「しかし、王妃様が行かれるのは危険です」

そう押し留める兵士に、アシェリーは毅然として言う。

「非常事態ですもの。陛下も許してくださるわ。陛下に伝言を。――それと別の馬車に毛布と消毒液をたくさん用意して」

そうしてアシェリーはサミュエルと共に貧民街に向かった。

（これは……）

まるで戦場のような悲惨な状況だった。整備された石畳がない土が剥き出しになった道には何人もの大人や子供が倒れている。

「アシェリーは向こうの重症患者を頼む。俺はこっちを治療する」

そうサミュエルに指示されて、アシェリーはうなずき土や血でドレスが汚れるのも構わず屈み込む。緊急事態なので衣服を脱がせて怪我の状態を確認した。王宮から別の馬車で持ってこさせた毛布を地面に敷き、患者を横たわらせて、汚れた傷口を消毒液で綺麗にしていく。手が足りないから護衛も手伝わせた。

「……あなたは？」

青ざめた顔でつぶやく老人に、アシェリーは首を振る。

「しゃべらないで。大丈夫、すぐに治します」

アシェリーはそう言うと、老人の体に手を当てて魔力を流した。出血が止まり、みるみるうちに傷口がふさがれていく。

集まっていた野次馬から「おお」と歓声が上がった。

「すげぇ。あんな大怪我をしていたのに治るなんて」

「血が止まるだけならまだしも傷口が治るとこなんて初めて見た。あの治療師、何者だ？」

「えっ王妃様!?　嘘だろ！　どうしてこんな貧民街に」

別の意味で通りにはざわつきが生まれていたが、アシェリーはそれを無視して治療をし続けた。

（終わったわ……）

一時間後には惨劇があった現場は消え、怪我をしていた患者達はボロボロの衣服を残して回復していた。

死人が出なかったのは運が良かったかもしれない。アシェリーの到着が遅れていたら何人もの患者が危うかっただろう。

「皆さん、大量の血液が失われたので無理をせずにしばらく休んでください。まだ病人と同じですからご注意を」

そう声をかけると、患者達は泣き出してアシェリーの手を握りしめて「ありがとう、ありがとう」と感謝を伝えて去って行った。

サミュエルはアシェリーの背後で大きく息を吐いた。

「ありがとうな。アシェリー、おかげで助かった」

「いいえ、良いのよ」

サミュエルは困ったように頬を掻く。

「街の治療師をもっと集められたら良かったんだけど、貧民街で魔力暴走が起きたって言ったら皆嫌な顔をしてさ。来てくれたのは、じいちゃんの友達くらいだった」

貧民を治療しても治療費は取れずボランティアになるからだろう。それなら街で治療院を開き続ける方が利益になる、そう判断する治療師がいてもおかしくない。デーニックが来たのは彼が元々貴族で裕福だからという一面があるのは否定できないことだ。

「そう……」

アシェリーは顔をしかめた。

そこで初めてサミュエルの陰に隠れて十二歳くらいの男の子が立っていることに気付いた。タオルをかぶり、衣装はボロボロで悲しそうな目をしていた。

「あの、聖女のおねえさん」

その少年に声をかけられ、アシェリーはビックリする。

「えぇっと、私は聖女ではないわよ。私は治療師」

少年は目をパチクリさせた。

「本当？　でも皆、聖女様だって言っていたけど……」

首を傾げる少年の視線を合わせるためにアシェリーが身を屈めると護衛や町民がギョッとした表情をした。王妃様、と窘めるような声も聞こえたがアシェリーは無視する。

少年はモジモジしながら言う。

「あの……僕はオリヴァーと言います。みんなを助けてくれて、ありがとうございました。僕の魔力が暴走してしまって……みんなを殺してしまうところでした」

その瞬間ぽろりと少年の目から大きな涙がこぼれて、アシェリーはそっと少年の頭を撫でる。

「大丈夫よ。皆無事だったんだから、気に病まないで」

サミュエルが励ますように少年の背を叩いた。

「ほら、元気だせよ。オリヴァー。皆大丈夫だったんだから。妹の様子を見てやれ」

オリヴァーは首肯して離れて行った。

「……あの子が魔力暴走を？」

アシェリーの問いかけに、サミュエルが重々しい表情でうなずく。

「本来なら魔力暴走を起こすのは貴族だ。彼らは魔力量が多いからな。だが、まれにオリヴァーのように平民なのに魔力が突出した子もいる。貧しい家の子供は治療費を払えないから制御できない魔力が暴走してしまうことがある」

魔力が高い平民の子供は貴族の婚外子など訳ありなことも多い。どこかの貴族の目に留まれば平民でも引き取られることが多いのだが。

「あいつは俺が引き受けようと思う。心配しなくて良い」

サミュエルが力強くそう言ったので、アシェリーは安堵した。魔力暴走を起こしてしまえば、元のコミュニティに戻るのは難しくなってしまうから。

（――もしも魔力暴走が起きないようにできたら）

あのような可哀想な子供もいなくなる。

脳裏に浮かぶのはラルフと先日助けた侍女、クラウスの顔だ。魔力が高い者は怯えながら暮らしている。

（私がそばにいるからラルフが魔力暴走を起こしても危険は少ないと思っていたけれど……）

原作ではラルフが再び魔力暴走を起こすのは物語の終盤になってからだし、聖女がそばにいたから抑えられた。しかしストーリーの流れはもう変わってしまっていて聖女はそばにいない。

（もしかしたら私がラルフのそばにいられない時があるかもしれない。そんな時に魔力暴走を起こしたら……？）

それに他の者達だって魔力暴走の危険なんてあってはならないのだ。

（魔力暴走を止められないか……研究してみよう）

アシェリーはそう静かに決意した。


魔力暴走は体内を循環する魔力が何らかの原因――たとえば急激なストレス、あるいは生活習慣の悪化によって短時間で滞り、制御できなくなった力が暴発して体外に解き放たれるというものだ。

（つまりストレスを感じなければ……っていうのも難しいわよね）

アシェリーは王宮の書庫で魔力暴走についての書物を読みながら唸る。

（精神にかかる負荷を己で制御するのは難しい。けれど、どうにか普段の心の負担を軽くできないかしら……）

アシェリーはパラパラとページをめくる。

すでに治療に関する書はほとんど読んでしまっていたため新しい発見などはないのだが、どこかに打開策はないか探した。

（暴走した時にそばに治療師がいれば良いんだけど……そううまくいかないし。――あ、そうだ！　アクセサリーとかに治療師の力を込めて持ち運ぶことができたら……）

何か原作でヒントとかなかったかしら、と頭を悩ませる。

「そうだ。そういえば続編で……」

ふいに原作の二巻を思い出した。一巻で切りが良いところまで終わっていたが、人気があったので続編が出たのだ。

その中で神官や巫女が護符や護石などに祈りを捧げると、気休め程度ではあるが多少の効果があるという設定があった。魔除けや守護などの御利益を求めて、商人や旅人、兵士や一般庶民でも護符や護石を使うことがある。

「確か二巻で『精霊の涙』という宝石があったはず。護符の力は一時的な軽いものだけど『精霊の涙』なら……？」

シュトバリアス地方にしか存在しない『精霊の涙』には魔力を閉じ込め、数倍にする力がある。魔物が旅人を襲おうと口から火を放った時、旅人が『精霊の涙』をかざすと火が消え、次の瞬間には魔物に向かって何倍もの火が放たれたという伝説があるのだ。

（確か二巻では聖女ヒロインが村人からもらった宝石に祈りを込めて、魔物を追い払っていたはず……なら治療師の力も閉じ込めることができるかも？）

しかし『精霊の涙』の存在は公にはされておらず、二巻ではたまたまヒロインが辺境伯領の森深くに入り込んだ時に原住民を助けたお礼に一つもらったのだ。

「とりあえず、ラルフに相談してみましょう」

そう思い、ラルフの元に向かったのだが――。


「難しいな」

ラルフは顔をしかめて、そう言った。

「俺は『精霊の涙』というのは初耳だが。アシェリーの望みならばできる限り協力してやりたいとは思っているが……その地域に住む精霊の民と呼ばれる少数民族は閉鎖的で、辺境伯や貴族達を毛嫌いしていると聞く。彼らが崇拝している宝石ならば、辺境伯に無理に命じて王都に運ばせることはできない。紛争の火種になる」

「それなら私が直接交渉に出かけることはできませんか？」

諦めきれずそう言うと、ラルフは顔をしかめた。

「それほど欲しいのか？」

「ええ。もしかしたら魔力暴走を抑える研究に使えるかもしれないので」

アシェリーが強い口調でそう言うと、ラルフはしばし黙考している。

「……ラルフ？」

不安になったアシェリーがそう呼びかけると、ラルフは笑顔で言った。

「分かった。それじゃあ新婚旅行も行ってなかったことだし、一緒に行こう」

「え？　一緒に行ってくださるんですか？　でも政務は……」

ラルフが来てくれるのは嬉しいが彼は国王だ。一日二日で行ける距離ではないし、さすがに長期間も王都を空けるわけにはいかないだろう。

「大丈夫。俺には優秀な部下達もいるしな。それに……乗馬を教えた礼にデートもしてくれる約束だろう？」

茶目っ気たっぷりに話すラルフに赤くなるアシェリー。

「そっ、その話を今持ち出すなんて……！」

随分前の話だから、てっきりラルフはもう忘れてしまっているのかと思っていた。ずっと覚えていてくれたことに胸が温かくなる。

ラルフは照れたように目を逸らしながら言う。

「急いで至急のものだけ済ませて行く。――たとえ俺や皆のためでも、一人で行くなんて言うな。俺とお前はもう離れられない存在なんだから」

アシェリーの頬がぽっと熱を帯びる。

「ラルフ……ありがとうございます」

（必ず彼のためにも魔力暴走を止める護石を作ろう）

そう改めて心に誓った。

ラルフはふいにアシェリーを抱きしめる。

「ラルフ？」

アシェリーは戸惑いながら彼の背に腕を回した。

ラルフが片手で手を払うと、侍女達は丁寧に礼をして部屋から去って行く。人払いをしたのだ。

ラルフは小声で漏らす。

「じつは……クラウスが不審な動きをしている」

「クラウスが？」

「ああ、前にアシェリーがクラウスを探って欲しいと言っていただろう。だから俺の手下に調査させたんだ。そうしたらクラウスは密かに王室と距離を置いている貴族派の連中と懇意にしていた。それにヴィザル教の反総主教派の連中とも手紙でやり取りしている」

「それって……」

どちらも表立ってはラルフとは敵対――とまではいかないが、あまり友好的ではない相手だ。

そんな人々と王弟であるクラウスが手を取る理由は一つしかない。

「おそらく王位を簒奪《さんだつ》しようとしているんだろう」

沈痛な表情でラルフはこぼす。

（そんな想像したくないけれど……）

状況からして、そうとしか思えない。

アシェリーは唇を噛んだ。

(こんなことになるなんて……)

ただクラウスの体調が心配だったから探ってもらっただけなのに、こんな実情が知れてしまうなんて思ってもみなかった。

「先日の神殿での事件——総主教の蒸発もクラウスが関わっている可能性が高い。もしかしたら元聖女アメリアの失踪にも関与しているかも……」

ラルフの言葉に、アシェリーは押し黙る。

(確かアメリアを捜すためにクラウスが神殿を訪ねたのよね……)

そこで倒れていた神殿兵士達を見つけ、総主教の行方が分からないとクラウスから報告があった。状況的にクラウスが関係していると見て間違いないだろう。

「それならどうすれば……先ほどの話ですが、ラルフが王都を離れたら危険なのでは」

アシェリーが困り顔でそう言うと、ラルフは首を振る。

「あらかじめ情報を得られているならそうとも限らない。兵を準備させて、いつでも動ける準備は整えておく。……だが俺はあいつを信じたい気持ちがあるんだ。もしもクラウスが直前で思いとどまるならば、俺は見なかった振りをする」

あまり期待できないと己でも思っているのか、ラルフは寂しそうに微笑んでいた。その姿に、アシェリーの胸が痛くなる。

（本当にこんな方法しかないの……？）

アシェリーはそっと胸の上で拳を握りしめた。

第十一話◆精霊の涙

ラルフが政務を切りの良いところで終わらせ、アシェリーはしばらく仕事を休むため患者への説明や念入りに治療するなどの調整を終えたのは遠征を決めてから二週間ほどが経ってからだった。

　馬車で三日ほどかかるシュトバリアス地方は湖畔の美しい石造りの街や要塞があり、精霊とゆえんがあるのも納得してしまうような緑豊かな場所だ。

　まずはアシェリーとラルフは領主の館に向かう。

「陛下、お久しゅうございます」

「ああ、ヴィレール。元気そうで何よりだ」

　出迎えたのは四十歳くらいの男性で、彼がこの領地の領主である。

　アシェリーはラルフと挨拶を交わす彼に微笑みかけた。

「はじめまして、ヴィレール様。私はアシェリーです。本日は訪問を快く受け入れていただき、感謝いたします」

　そう言って頭を下げると、ヴィレールは慌ててこちらこそ、と返す。

「王妃陛下。ようこそいらっしゃいました。私は家臣なのですから、どうか堅苦しいのはなしにしてください。自然以外何もないところですが我が館でゆっくりなさってくださいませ」

「ありがとうございます。それで早速で申し訳ないのですが、少しお願いしたいことがあります」

「私にできることでしたらなんなりとお命じください。それと、私のことはどうかヴィレールと呼び捨てにしてくだされば幸いです」

「では、ヴィレールさんと呼ばせてもらいますね。じつは、今回ここに来た理由は――」

アシェリーは事情を話し、協力して欲しいと頼んだ。

「そういうことでしたか……。この地方には確かに『精霊の涙』と言われる石がありますが……今お持ちしますよ」

サロンに案内され、お茶をいただく。

しばらく待つとヴィレールが手のひらサイズの箱を両手に掲げてやってきた。絹で織られたサテン布の中央に、月の光のように淡く輝く白い石がついたペンダントがある。

「これが……？」

アシェリーのつぶやきにヴィレールはうなずいた。

「私が幼い頃にとある方からいただいた『精霊の涙』です。この街にこれ以外の『精霊の涙』はありません」

かなり貴重なもののようだ。

アシェリーは白い宝石をじっと観察しながら言う。

「精霊の民が守っている石なんですよね？　ならば彼らに会えば手に入りますか？」

ヴィレールは胸を痛めているような表情をした。

「『精霊の涙』は……おそらく精霊の森にあると思われますが、どこにあるのかは精霊の民以外は知りません。ですが精霊の民と我々シュトバリアス辺境伯家は『精霊の涙』をめぐり、長い歴史の中で幾度も争いを起こして血を流してきました」

（なるほど……ラルフが言っていた通りね。精霊の民は領主に友好的ではないみたい）

ヴィレールは穏やかな人物のようだが、歴代のシュトバリアス辺境伯は代々欲に目がくらんで精霊の民を滅ぼし、『精霊の涙』を独占しようとした過去がある。それにより精霊の民は被害を受けたが、不思議な力によって守られ、逆にシュトバリアス辺境伯陣営が被害を受けるということがあったという。

今では暗黙の了解で双方不可侵となり、その状態が三十年近く続いている。

「私が子供の頃に、父が精霊の民を狩ると言って森に兵士を連れて攻め入ったことがありました。多くの血が流れました。……きっと彼らは我々を許しはしない。王妃様のお望みならば喜んで協力させていただきたいと思っておりますが……おそらく私達はお力になれないでしょう」

肩を落とすヴィレール。

「いえ、お気になさらないで。森に入る許可だけいただけたら良いんです」

「しかし、危険ですよ！　精霊の民は森に部外者が立ち入ると、躊躇なく攻撃してきます。見えない場所から弓で狙われるでしょう。王妃陛下をそんな危険な目に遭わせるわけには……！」

ヴィレールは慌てたような表情をする。

「しかし、どうしても『精霊の涙』が欲しいんです。一つではなく、たくさん。もしかしたら魔力暴走を止められるかもしれない。そのために研究に使いたいのです」

　アシェリーは決然と言う。

（とはいえ私は戦いに関しては素人だし、遠くから矢を撃たれたら精霊の民を説得する前に死んでしまうかも……）

　それでは本末転倒である。

（二巻でヒロインはどうやって精霊の民を懐柔していたかしら？　確か精霊が――）

　アシェリーが原作を思い出そうとして唸っていると、ヴィレールは拳を握りしめて決意したように言う。

「……分かりました。ならば私も行きましょう」

「えっ!?　ヴィレールさんが一緒に？　でも……」

　万が一のことがあれば責任は取れない。それに精霊の民からしたらヴィレールは仇敵だろう。

　困ったアシェリーはラルフを見たが、彼はヴィレールの真意を図ろうとしているようだ。

「本気か、ヴィレール」

「ええ。もちろん。……幼い頃に知り合った精霊の民がいるかもしれないので。もしかしたら族長に話を通してもらえるかもしれません。もちろん、あっさり殺されるかもしれませんが」

　困ったように笑うヴィレールに、アシェリーは絶句した。

「で、ですが……」

「お気になさらないでください。こんな老いぼれのことを気にする者はいません。辺境伯家は甥に譲るつもりでしたし。どうせ後は死ぬだけです。それなら人生の最後に心残りを晴らしておきたいのです」

「心残り……？」

当惑したアシェリーは問いかけたが、ヴィレールは曖昧な笑みを浮かべただけだった。

それ以上は答えてもらえそうになかったから、アシェリーは話題を変えようとする。

「辺境伯家は甥っ子に譲るとおっしゃいましたが……ヴィレールさんには妻子はいらっしゃらないのですか？」

ヴィレールは苦笑する。

「……あいにく幼い頃の初恋を忘れられなくて。未練がましいでしょう」

「そんなことは……」

返答に困ってしまい、アシェリーは首を振る。

（初恋を忘れられないなんて、それは私も同じだし……）

そう思いながら隣に座るラルフを見つめる。彼は優しい目でアシェリーを見つめ返してくれた。

ヴィレールは眩しいものを見つめるように両眼を細めた。

「お二人が羨ましいです。初恋は実らないものと言いますが、見事それを覆したわけですからね。両陛下のお話はこの辺境にまで届いていていますよ」

そうヴィレールに言われてアシェリーは顔を赤らめた。

（シュトバリアスにまで私達の話が広がっているなんて……）

「長旅でお疲れでしょう。今日はゆっくりお休みになってください。明日、精霊の森へ案内いたします」

ヴィレールにそう言われて、アシェリー達は首肯した。

アシェリーは客間に案内される途中、廊下に飾られたいくつもの絵画が気になった。

それはどれも八歳くらいの少女で、森の中でどこかの民族らしき格好をしている。健康的な小麦色の肌に長い銀髪の神秘的な雰囲気の少女だ。

その少女の首元には先ほどヴィレールが見せてくれたペンダントが描かれていた。


翌朝、ラルフと朝食を食べ終えた後、ヴィレールに案内されて森の入り口へと馬車で向かう。

森の入り口へとたどり着くと、

「ここからは馬車は置いて行きましょう」

ヴィレールの言葉に従い、アシェリー達は徒歩で進むことになった。

森の奥へ進むにつれ空気が冷たくなっていく。

（なんだか寒気がするような……）

アシェリーはブルリと身を震わせた。

ヴィレールが振り返って言う。

「この辺りからは精霊の領域です。両陛下、どうか私のそばを離れないようにお願いいたします」

「ええ」

アシェリーはうなずいた。

精霊の民を刺激しないようにと、護衛は二人しか連れてきていない。先頭と最後尾にいる兵士に挟まれるようにしてアシェリーとラルフはいた。

ヴィレールはアシェリー達を守るように前を歩き出す。

不安と緊張感に包まれていると、ふいにラルフがアシェリーの手を握ってきた。

「ラルフ?」

「心配しなくても大丈夫だ。俺の手を握っていろ」

そう励ますように微笑まれ、アシェリーは肩の力を抜いて頬を緩ませた。

「……ありがとう」

アシェリーの心細さに気付いてくれたのだ。原作を思い出したから勝算がないわけではなかったが、やはり皆を危険にさらしてしまうことに気後れしていたから。

(大丈夫よ、きっと……)

そう己に言い聞かせ、森の奥を見据える。

しばらく歩くと、森の雰囲気が変わった。

「……？」

アシェリーが眉をひそめた時――

「王妃陛下、伏せてください！」

ヴィレールが叫ぶと同時に、何かがアシェリーの頭上をかすめていった。

反射的に地面に伏すと、後ろでドスッという音が聞こえた。

顔を上げると、矢が地面に落ちていた。

（危なかった！）

もう少しで矢が頭に刺さるところだった。

「……っ！」

声にならない悲鳴を上げて、アシェリーは背後を振り返る。すると――

「……!?」

木々の陰からぞろりと現れた精霊の民の姿に、アシェリーは息を呑んだ。

「早くこちらへ‼」

ヴィレールの声に反応してラルフがアシェリーの腕を引っ張った。そのまま彼の腕の中に引き込まれる。

「!?」

次の瞬間、精霊の民が一斉に弓を構えた。

「ちっ」

舌打ちしたラルフが腰から剣を引き抜いた。兵士達二人も慌てて身構える。

「ラルフ⁉」

「下がっていろ」

そう言って彼はアシェリーを庇いながら精霊の民に向かっていく。

精霊の民が矢を放つのと同時に、ラルフも動いた。

「はぁあああっ！！！」

裂帛《れっぱく》の気合いと共に、ラルフは精霊の民が放った矢を全て斬り落とす。

「……」

唖然とするアシェリー。

（彼がこんなに強いなんて……）

魔力を剣に帯びさせて戦っているようだ。それで威力と速度が増しているのだろう。

（そういえば原作でもラルフの剣技は素晴らしい、と書かれていたけれど……。実際に戦う描写がなかったから、これほどとは思っていなかったわ）

ラルフの剣の腕は護衛や精霊の民をも圧倒している。

その間にも、精霊の民達は次々と弓矢を構えてアシェリーを狙う。

「させるか！」

ラルフは叫びながら、アシェリーを狙って放たれた矢を斬り落とした。

「アシェリー！　大丈夫か⁉」

アシェリーは呆気に取られていたが、ハッと我に返って、うなずく。

（何とか族長と話をしなきゃいけないのに……）

原作では倒れてしまったヒロインが族長の家で介抱されて、話ができたことが『精霊の涙』を得る大きなきっかけになる。

だが話ができなければ意味がない。

「どうか、私達の話を聞いてください！」

アシェリーはそう叫んだが、リーダー格の女性が「うるさい！」と叫び、ラルフに向かって弓を構えた。

（このままじゃ――）

アシェリーが焦りを覚えたその時、ラルフが踏み出した。足裏に魔力をためて速度を上げているのだろう。まるで風のように動き、木に飛び移って信じられない速度でリーダー格の女に近付く。そして彼女の手にあった弓矢を叩き切った。

「くっ」

悔しげに唇を噛み締める女性を背後から拘束し、その首に剣を這わせた。強襲者達は狼狽した空気になる。

「族長！」

（族長？　この女性が……？）

女性ということは知っていたが、原作二巻は小説でしか読んだことがなかったのでイメージと違っておりアシェリーは驚く。

見た目は三十代後半くらいだろう。小麦色の肌に長い銀髪を後ろで一つにまとめている。

(あれ？　あの人、どこかで見たことがあるような……)

昨日ヴィレールの館で見た絵画の中の少女とその面差しが重なる。

アシェリーがそう言いかけた時、女性が素早くスカート下の隠しナイフを取り出し、ラルフの喉に向かって突き刺そうとした。

無謀だ。そんなことをすれば彼女もただでは済まない。

おそらく刺し違える気なのだろう。

ラルフは咄嗟《とっさ》に仰け反ってナイフの軌道をかわし、ラルフの拘束から離れた女性は宙を舞った。

「ぐうっ」

女性は態勢を整えようとしたが、真下に思ってもいない存在がいたらしい。

ヴィレールが大きく両手を広げて女性を受け止めようとしていた。

「っ！」

女性はヴィレールを突き飛ばそうとするが、それよりも早くヴィレールの両腕が彼女を包み込んだ。

「!?」

「フローラ、怪我は!?」

ヴィレールは女性を立たせる。

「お前は……」

フローラと呼ばれた女性は当惑している様子だ。仲間達も展開に動揺し動けないでいる。

怪しげにしているラルフに、ヴィレールは告げた。

「彼女は私の知り合いです。陛下、どうか非礼をお許しください」

「彼女は？」

ラルフの問いに、ヴィレールは苦笑いを浮かべる。

「彼女は三十年前に私に『精霊の涙』のペンダントをプレゼントしてくれました」

そう言ってヴィレールはシャツの首元からペンダントを取り出す。

それを見たフローラは愕然と目を見開く。

「お前……ヴィレールか？」

呆然としているフローラに向かってヴィレールは言った。

「フローラ、突然やってきてすまない。森に侵入したことも詫びよう。だが、どうか話を聞いてくれないか？」

フローラは顔をしかめている。

「族長……」

心配そうに仲間が彼女に声をかける。

フローラはしばらく押し黙った後にため息を落とした。

「分かった。ただし武器は全てこちらに渡してもらう」

「なにぃっ！」

反応したのは護衛の兵士達だった。

顔を歪めている男達にフローラは言う。

「武器を渡して大人しくすると誓うなら、我々はお前達に危害を加えない。信用できないなら帰れ」

怒鳴ろうとした兵士を手で制し、ラルフは少し思案する様子を見せた後に言った。

「良いだろう。武器を渡す」

「陛下！」

兵士は声を荒らげたが、ラルフは首を振る。

「ここまで譲歩してくれたんだ。俺達は信頼に応えるべきだ。お前達も彼らに敬意を払え」

ラルフの言葉にフローラは感心したように口笛を吹く。

「貴族の中にもお前のような話の分かる奴もいるんだな」

ヴィレールは気まずそうに視線を逸らす。己の先祖のことが頭に浮かんだのだろう。

ラルフ達が武器を渡すと、フローラは腕を組んで向き直る。

「それで何の話だ？」

そう促されて、ラルフはアシェリーの方を見つめる。

アシェリーはうなずき、前に出てから言った。

「どうかお力をお貸しいただきたいのです」

　そしてアシェリーはこれまでの経緯を話した。もしかしたら魔力暴走に使えるかもしれないから『精霊の涙』を分けて欲しいことを。

　しかし、予想通り族長フローラの返答は芳しくなかった。

「ふむ……『精霊の涙』は我々が大事に守ってきたものだ。簡単に渡すわけにはいかない」

「そんな……」

　渋面になるアシェリーに、フローラは言う。

「だが、私の仲間にも多くはないが、これまで魔力暴走を起こす者達がいた。今までは族長として彼らを隔離するしかなかったが、もし救えるのなら救ってやりたい」

「それじゃあ……！」

　喜びの声を上げたアシェリーに、フローラは肩をすくめる。

「だが期待には応えられない。『精霊の涙』は、もう三十年も取れていないんだ」

「それはどういうことですか？」

　困惑気味にアシェリーが問いかけると、フローラは渋々といった様子で答えてくれた。

「『精霊の涙』は精霊達が己の力を込めて作るもので、精霊達はそれを人間が悪用しないようにと滅多に人に渡さない。精霊達の気分次第だ。精霊の涙が欲しければ精霊に頼み、作ってもらうしかない。だが最近は頼んでも作ってくれなくなったんだ」

「精霊が……」

「ああ。これまで『精霊の涙』の力を借りて、村人の怪我などの治療を行ってきたが、ここ二十年ほどは石がもらえないから大掛かりな治療が行えなくて困っている。どうやら『精霊の涙』は使い続けると摩耗して割れてしまうようだ。十年が限度だろうな」

「そうですか……」

十年というのは思っていたより長くて良いが、たくさん用意できなければ、魔力暴走に効果があっても意味がない。争いの元になってしまう。

アシェリーは悩んだが、フローラに向かって言った。

「一度精霊に会わせてもらえませんか？　会うことができたら、ひょっとしたら作ってもらえない原因が見つかるかもしれません」

フローラはしばらく考え込んでいたが、アシェリーが治療師であることを伝えると、村人の病の治癒を条件に了承してくれた。

第十二話 ◆ アシェリーの誓い

「助かるよ。俺は治療師だが治療は得意ではないから」

村の治療師はそう言って苦笑いした。

フローラに案内してもらって状態の悪い者を治療した後に、アシェリーはラルフ達と精霊が住むという精霊の洞窟に向かった。

フローラに言われて『精霊の涙』の対価に渡すという花蜜の入った壺を持っている。

「わぁ！　綺麗……」

アシェリーの口から思わずため息が漏れる。

そこは辺り一面が水晶になっており、奥に行っても水晶が周囲を照らし明るく煌めいていた。

「神秘的だな」

ラルフも感心しているようだ。

「アシェリーがこういう場所が好きなら国中の水晶を集めて宮殿を作らせるが？」

そう本気なのか冗談なのか分からないことを言われて、アシェリーは困った笑みをラルフに向けた。

「こんな時に冗談はやめてくださいね」

「俺は冗談のつもりはないが」

（だったら、なおさらたちが悪いわ）

アシェリー一人のためにそんな莫大な予算をかけられない。ラルフが愚王と呼ばれないために頑張ろうと、アシェリーが気を引き締めた時、フローラがクックと笑う。

「ずいぶん仲が良いんだな」

「初恋なので」

ラルフの即答にアシェリーはかぁっと顔が赤らむ。

「ラルフ……！」

こんなところでやめてくれ、と懇願を込めて視線を送る。だが、ラルフはハッとしたような顔をして、アシェリーの肩を抱き寄せた。

「どうした、急に甘えたような顔をして」

（違う……っ！）

アシェリーが絶句していると、フローラは苦笑して「初恋か……」と寂しそうにつぶやいた。

そしてヴィレールの視線に気付いたようだが、すぐにそっぽを向く。

「精霊が眠っているのは奥だ」

そう言って洞窟を先導した。

アシェリー達がその後を付いて行くと、澄み切った泉があった。その奥に大きな水晶の柱があり、その隣の水晶の床には手のひらサイズの精霊が眠っていた。

「あれが精霊……？」

アシェリーの目は精霊に釘付けになっている。

(初めて見たわ……)

それは葉っぱのドレスをまとった十歳くらいの少女の外見をしている。艶やかな長い銀髪に透けるような白い肌。麗しい見た目はまさに精霊といった風だ。

「精霊は一人だけか？」

ラルフの問いにフローラは強張った表情で首を振る。

「昔はもっと数がいたんだが、今ではあの子だけだ」

(だからかしら……あの子が寂しそうに見えるのは)

寝顔に涙が浮かんでいるのが哀れみを誘う。

「なぜいなくなった？」

ヴィレールの問いに、フローラは肩をすくめた。

「それも分からない。教えてもらえないからな。消えてしまったのか、どこかに去ったのか……」

そう話している間に少女精霊がふと瞼を開ける。そして、フローラ達の姿を見つけてキッと眦を上げた。

『何しに来たのよ！　宝石はあげないって何度も言ったでしょう‼』

「どうしてだ？　私が子供の頃はくれていたじゃないか。お前の好きな花蜜も持ってきた」

そう言ったフローラが壺を開けて見せると、精霊は『うっ』と呻いて物欲しげな表情をしたもののブンブンと頭を振った。

『どっちにしても私一人じゃ作れないもの！』

「他の精霊はどこに行ったんだ？」

困惑気味にフローラが問いかけると、精霊は顔をくしゃりと歪めた。

『うるさい！　どっか行って！』

叫ぶ精霊を見つめて一同は途方にくれていた。――アシェリー以外は。

アシェリーは、じっと水晶の柱を見つめる。

（あれは……？）

不思議なことに柱には魔力の流れがあった。普通の宝石にはそんな力は帯びないはずなのに。魔力があるのは生き物だけだ。

しかしじっと目を凝らすと魔力がたくさんの小さな人形《ひとがた》をしているのに気付き、アシェリーは戦慄した。

柱には透明な精霊がたくさん張り付いていたのだ。ほとんど柱と同化しているからフローラ達も分からなかったのだろう。

「あの柱……」

アシェリーのつぶやきで、ラルフ達は水晶の柱に注目する。しばらく観察するように押し黙っていたが、気付いたラルフが「うっ」と呻いて身を引き、フローラが「嘘だろ」と青ざめる。

まだほとんどの者は気付かず首を傾げていた。

「どうして精霊達が柱になっているんだ……？」

ラルフのかすれた問いかけに、少女精霊は悲痛な表情になる。

『お母さんが……この水晶柱が力をなくしているの。だから兄弟姉妹達が支えるために柱になったのよ。私は最後まで皆を見守るために残ることになったの……』

（そうか……）

アシェリーはようやく腑に落ちた。

精霊は自然から生まれる。おそらく彼女達は長い年月をかけて、この洞窟の中で生まれたのだろう。その母親的な存在である水晶柱が何らかの原因で生命力を失い、その補填をするために精霊達は身を捧げたというわけだ。

「もしかして、水晶柱が回復すれば精霊達も元に戻るのかしら……」

アシェリーは思考しながら、つぶやく。

おそらくそうだろう。精霊は基本的に死ぬことはない。今は眠っているだけだ。

「アシェリー？」

戸惑っているラルフに、アシェリーは向き直る。

「あの柱には魔力が流れています……それなら治療できるかもしれません」

『治せるの⁉』

間髪を容れずに反応したのは少女精霊だった。その目に痛いほどの懇願がこもっている。

『治せるのならお願い！　私にできることなら何でもするから‼』

少女精霊はアシェリーに飛びつくように近付いてきた。

アシェリーは困惑しながら、チラリとラルフを見つめる。

「……私の力だけでは無理です。でも、こちらには運良くというか……ラルフがいるので」

「俺が？」

アシェリーはうなずいた。

「ラルフはこの世界でも類を見ないほど強い魔力の持ち主ですから。他に適任者はいません。ラルフの力を私が制御しながら水晶に流し込めば、あるいは……。でも確実なことは言えません。可能性はわずかにあるというだけ」

『わずかな可能性でも良いの！　お願い‼』

少女精霊に涙ながらにすがりつかれて、アシェリーは困った顔でラルフを見つめる。

彼は迷いなくうなずいた。

「俺は構わない」

「……分かりました。それなら、やりましょう」

アシェリーは大きく首肯し、ラルフと手を取り合って泉を渡り水晶柱の元まで行く。

近付いてみると、これまで感じたことがないような大きな聖なる力をその柱から感じた。

「改めて見るとすごいな……アシェリー、できるか？」

ラルフの問いに、アシェリーはうなずく。

だが、これはアシェリーにとっても難しい初めての仕事だ。

治癒とは相手の魔力の流れを正常な状態に戻すものだ。だが、今回は自分ではなくラルフの魔力を流し込む。一度にたくさん流してしまうと水晶柱はラルフの魔力に耐え切れず割れてしまうだろう。だが少しずつしていたら時間もかかるしラルフやアシェリーの体力も消耗が激しくなる。繊細な作業でありながら、大胆に行わなければならない。

アシェリーは水晶床に座り、目を閉じて神経を集中させる。

そして、ゆっくりと目を開くと、ラルフに微笑みかけた。

「私を信じてくれますか？」

「もちろん」

ラルフは力強くうなずく。

ほんの一年ほど前までは得られなかった信頼がそこにはあって、アシェリーは泣きたくなった。

(皆の気持ちに応えなければ……)

「じゃあ、始めます。ラルフ、私はあなたの魔力を吸い上げます。一気に力が抜けるから横になっていても良いですよ」

「ああ、分かった。辛くなったら横になる」

そうして、アシェリーはラルフの手を握りしめて、手を水晶柱に触れた。

すると水晶柱から光があふれ出して輝きを増した。そしてその光は二人を中心に渦巻いて、徐々に水晶柱に流れ込んでいく。

その様子を見ていたヴィレールとフローラは呆気に取られた様子で見守っていた。

「すごい……。これが、あのお嬢ちゃんの力か」

「……あんな治療師は見たことがない。村の病人を治療していた時からただ者ではないとは思っていたが……」

アシェリーの額に脂汗が浮かぶ。

やがて少女精霊がうっとりとした表情でつぶやく。

『あったかい……なんて気持ち良い光……！』

水晶柱に張り付いていた精霊達にもラルフの魔力が流れ込み、淡い光の粒が彼らの体を修復していく。柱と同化していた精霊達の体が綺麗に再生され、柱から剥がれて水晶床にコロコロと転がった。

『お兄ちゃん、お姉ちゃん……みんな……っ！』

少女精霊が近付いて呼びかけると、精霊達が次々と目を覚ましていった。

『あ、あれ？　僕どうして……』

『どうなっているの⁉』

『柱は⁉』

精霊達がざわついている。

フローラが愕然とした表情でつぶやく。

「な、治った？　水晶柱が……？　嘘だろ……」

水晶柱は以前とは比べ物にならないほど美しく煌めいている。魔力の流れもよどみなく、まるで大河のような力強さがあった。

フローラや精霊達が歓声を上げる。

「良かった……」

アシェリーは安堵して息を吐くと、力が抜けてその場に崩れ落ちそうになった。その肩をラルフが支えてくれる。

「ラルフ……体調は大丈夫ですか？」

あれだけ魔力を吸い出したのだから普通なら立っていられないはずだ。だがラルフはまだまだ魔力が潤沢にあるようで、けろりとしている。

「大丈夫だ。アシェリー、お疲れ様。本当にお前はすごいよ」

ラルフは微笑み、アシェリーの体を抱いて包んでくれた。

その温もりが嬉しくて、アシェリーは笑みを深める。

「ありがとう……」

アシェリーはラルフの首に腕を回して抱きついた。


その後、水晶柱が回復したおかげで洞窟内の精霊達も元気を取り戻し、少女精霊が他の精霊達と協力して『精霊の涙』を作ってくれた。

「あなた達は恩人だから、いくらでも作ってあげる。あ、でも花蜜はいくらでもくれて構わないからね。もらえたらもっと頑張るから」

そうちゃっかりとおねだりをされて、アシェリーは苦笑しつつ精霊達が満足するまで花蜜を手配した。

それから村人達に協力してもらい、『精霊の涙』を運ぶ手伝いをしてもらう。

もしも宝石が魔力暴走に効果があれば、それを売った時の利益を村に還元することをフローラに約束した。

そして後年――精霊の村は魔力暴走を止める護石の産出地として驚異的な発展を遂げることになる。

研究の立役者であるアシェリーはもちろんだが、その協力者として村長であるフローラの名は広まり、フリーデン王国議会で彼女に爵位を与えることが満場一致で決まった。

最初は変化に戸惑っていたフローラも、ヴィレールの提案した村に学校を作る案などを受け入れた。村人と辺境伯領民の交流が増えるにつれて、長年のわだかまりが消えていったのだろう。

アシェリーの元にヴィレールとフローラが結婚したという知らせが届くのは、もうしばらく後のお話――。

◇◆◇

まだまだそんなことになるとは知らないアシェリーは、少女精霊からもらった最初の『精霊の涙』を掌にのせて観察・研究を行っていた。

同じ馬車の中で向かいに腰掛けているラルフが苦笑している。

「アシェリー、研究は王都に戻ってからにしたらどうだ？　村にいた間も魔力を込めてばかりいただろう」

ラルフもアシェリーも多忙な身なので、精霊達を助けた翌日の夕方には村を出立していた。フローラとヴィレール達は別れを惜しんでくれたのだが、あまりのんびりしていられない。

「だって、早く帰ってこの宝石を実用化させたいんです」

少女精霊からもらった『精霊の涙』は他の宝石よりも一回り大きいものだった。これならラルフの魔力暴走にも耐えられるかもしれないと期待してしまう。

アシェリーの魔力を流し込むと宝石は光り、ラルフが『精霊の涙』に触れると魔力のよどみが消えていった。

（やはり魔力暴走に効果があるんだ！）

逸る気持ちが抑えられないでいるアシェリーにラルフはまた苦笑して、馭者に馬車を停めさせた。

「アシェリー、降りておいで」

ラルフは先に馬車を降りると、アシェリーに手を貸した。

何をするのかと戸惑ったが、アシェリーはラルフの促すままに馬車のタラップを降りる。

そこは丘の上で、眼前の谷間に辺境伯領の街並みが広がっている。夕陽に照らされたレンガ造りの屋根や湖が美しかった。

「綺麗……」

アシェリーは思わず感嘆の声を漏らした。

ラルフは満足そうにうなずく。

「幼い頃に父親に連れてきてもらったお気に入りの場所だ。……あの頃はまだ母親も生きていて、父親ともうまくやれていた」

「……そうなのですか？」

気遣うように問いかけると、ラルフは力なく笑う。

「魔力暴走は周りを不幸にする。本当にこの世からなくなれば良いと思うよ。……アシェリーがそれを成し遂げようとするなら俺は協力を惜しまない」

アシェリーはラルフの手を強く握りしめた。

「――約束します。この世界から魔力暴走をなくすと」

アシェリーの胸にも後悔がある。幼い頃に、どうしてラルフを救ってやれなかったのかと。その上、彼の心の傷をえぐるようなことを言ってしまったんだろうと。

いくらラルフが許してくれたとしても、アシェリーは過去を思い返しては幼く自分勝手だった己を呪いたくなるのだ。

（でも今の私にしかできないことがある）

アシェリーは改めて決意を固める。

その想いが伝わったのか、ラルフは嬉しげに微笑む。

「ありがとう。アシェリー。その気持ちが嬉しい」

そう言ってラルフはアシェリーを抱きしめる。アシェリーは彼の背に手を回した。

「……ずっと俺のそばにいてくれ」

「ええ、お約束します。必ず、何が起ころうとラルフのそばにずっといます。私達は夫婦ですから」

アシェリーがそう微笑むと、ラルフの唇が降ってくる。

夕暮れの丘で二人の影が寄り添っていた。

それはまるで誓いの儀式のように荘厳で、美しく――。

二人は世界が藍色に染まり最初の星が現れるまで、肩を抱き合いその光景を眺めていた。

第十三話◆ラルフの記憶

それからしばらく馬車で進み、今晩はどこかで野営をしようとラルフ達が話し合っていた時のことだ。

林の奥から早馬が駆けて来る。

「陛下ー‼　大変です！」

息を切らしながら駿馬に乗ってやってきたのは、自国の兵士だった。

「どうした？」

ただ事ではない雰囲気を感じ取り、ラルフは強張った表情で兵士に問いかける。

兵士は転がり落ちるように膝をついて礼をすると、ラルフに向かって言った。

「聖女が……！　いえ、元聖女で王妃様暗殺疑惑をかけられたアメリアが、シュヴァルツコップ侯爵と共謀し暴動を起こしました！」

「なんだと……⁉」

「暴動ですって……？」

アシェリーは目を見開いて口元を覆う。

「アメリアは侯爵の私兵や己の信者達を率いて押し込んできて王宮を占領しました……！　ク、クラウス様も反乱軍に加わっているようです！　お早く王都までお戻りください！」

（やっぱりこうなってしまった……）

気持ちが沈みそうになるが、じっとしているわけにはいかない。

ラルフは焦った様子の兵士に向かってうなずく。

「分かった。俺は早馬で先に行こう。アシェリー、お前は安全なところに隠れていてくれ。すぐにヴィレールのいるシュトバリアスに戻るんだ。信頼できる兵士もつけるから安心してくれ」

もしもこういう事態に陥った時のために、ヴィレールには協力を頼んであった。きっと彼ならば喜んでアシェリーを匿ってくれるだろう。だが――。

アシェリーはラルフにすがりつく。

「ラルフ、私も連れて行ってもらえませんか？　私は王妃です。逃げ隠れすることはできません。ラルフと離れ離れになるのも嫌です」

「アシェリー……すまないが、それはできない」

ラルフはアシェリーを引き剥がした。

「お前さえ無事なら、俺は大丈夫だ。――だからどうか頼む」

「王妃様、お気持ちは分かりますが、ここは……」

「必ず我々がお護りします。陛下を信じて」

護衛達にそう励まされ、アシェリーの手から力を抜ける。

ラルフは苦渋の表情だったが、励ますようにアシェリーの両肩を叩く。

「大丈夫だ。必ず戻る」

「分かりました。せめて、これを一緒に持っていってください」

アシェリーは『精霊の涙』をラルフに手渡した。ラルフはそれに口付けを落として強く握りしめる。

「ありがとう。お前だと思って大事にする。――お前達、アシェリーを頼んだぞ」

ラルフの言葉に、その場にいた兵士達が「ハッ」と敬礼した。

そしてラルフが愛馬に乗って去って行く後ろ姿をアシェリーは不安を抱えながら見守った。

しかし、どうしても不安が消えていかない。

（大丈夫よ。万が一こうなった時のために準備はしてきたんだもの）

アシェリーは己に言い聞かせた。

『王の影』によって総主教は見つけられ、すでに安全なところに保護されている。アシェリー自身にも『王の影』――ラルフの手足を護衛としてつけられていた。

（どうかラルフ、王都の人達、皆無事でいて……！　何事もなく終わりますように）

アシェリーはシュトバリアスに引き返す馬車の中で、ずっと祈り続けていた。

途中雨が降ったが街道が整備されていたので、ほとんど休憩することなく走り抜けられたのは幸いだった。アシェリー達が間もなくシュトバリアスに到着するという時のこと――。

林の陰から眼前に兵士らしき男数人が現れた。木々に隠れていたのだろう。

馭者が慌てて馬車を停めた。

その男達は自国の兵士の格好をしている。それに気付いたアシェリーは馬車から降りて慌てて出て行くと、兵士達はアシェリーの前に膝をついた。

「王妃様！　ご無事で良かったです！」

「あなた達は……？　我が国の兵士のようだけれど……」

アシェリーの困惑混じりの問いかけに兵士達は表情を改める。

「クラウス様からアシェリー様をお守りするよう命令を受けました！　どうか我々とお越しください！　安全なところにお連れいたします！」

兵士の言葉にアシェリーは驚き、目を見開いた。不信感が込み上げてくる。

（クラウスが私に護衛をよこした……？　ありえないわ。彼は私達を裏切ったのに……）

アシェリーと同じことを思ったのか、周囲にいた『王の影』達の空気が変わった。アシェリーは味方に目配せして、うなずく。

（とりあえず話に乗ったふりをして、彼らの警戒を解きましょう。どうやら彼らは私達がクラウスの謀反に気付いていないと思い込んでいるようだから）

「分かったわ。ありがとう。案内してくれる？」

アシェリーがそう微笑んで言うと、自軍の兵士の格好をした男達はうなずいた。

「分かりました。それでは用心して我々についてきてください」

そう言って彼らが背を向けた瞬間――音もなく近付いた『王の影』達が男達に飛びかかった。

そしてアシェリーが目を丸くしている間に男達を拘束してしまう。

「なっ!?　これはどういうことですか!?」

動揺している男達にアシェリーは腰に手を当てて言った。

「私を捕えてどうしようとしていたの？」

冷たい声で問えば、反乱者達は震え上がった。青ざめていた男の一人が「誤解です！　我々は本当に――」と誤魔化そうとした。

「正直に言え」

『王の影』がナイフを男の首に這わせる。男は「ひぃっ！」と叫び、焦った様子で言う。

「本当なんですって！　我々はクラウス様に命じられて王妃様を安全な場所へお連れするよう命を受けて……！」

「安全な場所へ私を連れて行ってどうするつもりだったの？　私を陛下への交渉の道具に利用しようとしたの？」

「違います！　クラウス様はそんな御方ではありません！　って、どうして全然話が伝わっていないのですか⁉　我々は味方です！　ああ、まさか……、またクラウス様がやらかしたのですか⁉」

そう訳の分からないことを喚く男の様子にアシェリーは困惑した。

（何だか刺客達の態度がおかしいような……）

苦し紛れに味方だと言っているだけの可能性もある。もちろん油断はできないが――。

「事情をもう少し詳しく話してちょうだい」

そこでアシェリーは驚愕の事実を知らされることになるのだった。

◇◆◇

ラルフは駿馬のブルーノを走らせていた。

ラルフの背後には三人の手練れの護衛がいるし、少し離れた森の中には『王の影』が付いてきていた。

シュトバリアス地方に滞在している間も自国の諜報員と密かにやり取りし、クラウスの動向を探っていた。

反国王派の貴族やヴィザル教徒との密書や使用人達の証言も確保してある。

(――あとはクラウスを捕えるだけなのだが)

「どうしてこうなった……」

思い起こすのは十年前――ラルフがまだ十一歳になる前のことだ。

次期国王として生を受け、自由にならない日々を過ごした。他の貴族の子供と違い、帝王学を勉強する日々への不満があった。自分に対して重い期待ばかりする両親。茶会で知り合ったアシェリーにつきまとわれるストレスは剣を振るうことで解消していた。当時、己を慰めてくれていたのは黒く長い毛を持つ愛犬のカイルだけだった。

だが、カイルがある日、口から血泡を噴いて亡くなっていた。それを弟のクラウスと共に発見した。

呆然としてカイルを抱き上げた。なぜか、クラウスが一瞬笑ったように見えたけれど、それは気のせいで、すぐに「可哀想に」と眉を下げた。

「きっと悪いものを食べたんだね」

（悪いもの？）

確かにカイルの口からは緑色の液体が漏れていた。

動転してカイルの死因を口にするクラウスに不審感も抱かなかった。

その時に二人の母親である王妃がやってきて、眉を寄せる。

「ラルフ！　何をしているの？　帝王学の時間ですよ。先生も待っているんだから、遊んでいないで支度しなさい」

「でも母上、カイルが……っ」

涙をこぼしながら愛犬を抱きしめるラルフに、母親は顔をしかめる。

「あら死んだの？　きっと撒いてあった殺鼠剤《さっそ》でも食べたのね。あとは使用人に任せて支度しなさい」

母親の言葉が信じられなかった。なおも彼女は言う。

「だいたい犬を飼うなんて私は反対だったのよ。ドレスに毛がつくし犬臭いのは嫌いなの。治療師がラルフの心を安定させるために動物を飼うのは有効だからと力説するから陛下も仕方なく飼うことを許して――」

頭が真っ白になった。

気付いた時には母親は血を流して倒れていて、そばには腕を押さえて尻餅をついたクラウスがいた。まるで化け物でも見るような目でラルフを凝視している。

魔力暴走を起こしたのだ、と気付いた時には後の祭りで。

父王に命じられて何か月も軟禁生活を送った。その間に母親の国葬は終わっていた。

あんな事態を起こしておきながらラルフの王位継承権は揺らがなかった。魔力暴走については隠ぺいされ、王妃は病気で亡くなったことにされていた。そうして庇われるのは父王に愛されているためではなく、次期国王と見なされているから、ただそれだけのことだと気付いたのは半年ほど経ってからだった。

「自分は王にふさわしくないからクラウスを王太子にしてください」

そう父王に懇願しても、彼は頑として首を縦に振らなかった。

「あいつは……」

物憂げに窓から外を眺めながらつぶやいた国王である父。その視線の先を見れば中庭の回廊で立ち話をしている大臣達の姿があった。その中にはヴェルナー・シュヴァルツコップ侯爵もいる。後ろに撫でつけた金髪と整えられたひげと冷たさを感じる青い目——その横顔はどこかクラウスの面差しと重なり……。

ラルフはハッとして父親を見つめた。父王は黒髪と青い目。ラルフも同じだ。けれどクラウスは目こそ青いが、金髪だ。母親は長く綺麗な銀髪だった。『きっとクラウス様は母方のおじい様に似たんですね』そう侍女が話していたのを聞いた覚えがある。けれど、妙な噂があることも知っている。王妃はシュヴァルツコップ侯爵と懇意にしていた。

苦々しげにシュヴァルツコップ侯爵を見据える父親の表情が全てを物語っているようで——ラルフはそれ以上、何も言えなかった。

ラルフの魔力は年を重ねるほどに強くなっていくようだった。どんな治療者もラルフの魔力を安定させることはできない。ないよりはマシ程度の治療を毎日受け、体内を渦巻く魔力の不快さと爆発寸前のそれに耐えかねていた頃、アシェリーが部屋に現れた。

自室と限られた場所しか往復することを許されていなかった軟禁生活のラルフは、顔見知りのアシェリーに会うのは久しぶりだった。

「お久しぶりね、ラルフ」

アシェリーは、そうニッコリと笑う。

王子に対する態度にしてはフランクすぎたが、友人とも会うのを許されていなかったラルフはいけ好かない相手のアシェリーでも歓迎した。いつもなら咎める彼女の傲慢な態度も許容した。おそらく刺激に——いや、長いこと愛情に飢えていたのだ。

「どうしてここへ？　父上の許可は取っているのか？」

「もちろん。陛下はご存じよ。むしろ陛下に頼まれてここに来たと言っても良いかなぁ。私のお父様が『私には天才的な魔力制御の才能がある』って陛下にお伝えしたら、是非ラルフを見てやって欲しいって頼まれたのよ」

「父上が……？」

ラルフは当惑した。

アシェリーはズカズカとラルフの元まで歩いてくると、下から顔を覗き込んできた。まるで血のように赤い波打つ髪、新緑のような瞳がラルフを射抜く。整った容貌だったが、ラルフは彼女が苦手だった。我が儘で、王族であるラルフに対しても偉そうで、それでいて痛烈なことを平気で口にするから。

「私が助けてあげる。その代わり私のものになりなさい」

「何を言って……」

戸惑うラルフの肩をつかみ、アシェリーは魔力を流し込む。

（なんだこれ……!?）

初めての感覚だった。体の奥底、細部に滞っていた魔力が流れ始める。体の脈という脈を全て鷲づかみされて優しく擦り上げられたような感覚だった。

耐え切れず崩れ落ち、ラルフはその場に膝をついた。顔を上気させて全力疾走したように荒い息を吐いているラルフに、アシェリーは馬鹿にするように笑う。

「これが私の力。その辺の治療師なんて比較にならないでしょう?」

それはラルフも認めざるを得なかった。不快だった気持ち悪さは消え、先ほどの異様な快感だけが体に残っている。

追い詰めた鼠をいたぶる猫のような目で、アシェリーは言う。

「魔力制御は続けないと意味がないの。今は治療したけれど、また体は辛くなってくるわ。放っておいたら、いつかまた暴発しちゃうかもね」

暗い顔で押し黙るラルフの両頬を、アシェリーは掌で包んだ。

「だ・か・らね？　この私が助けてあげるわ。魔力制御に目覚めて良かったわ。これで、ラルフを好きにできるんだもの」

そう言いながら無遠慮に首筋を撫でられ、全身の毛が不快さに耐え切れず逆立つ。

ラルフはアシェリーの手を払いのけた。

「……もし断ったら？」

その問いに、アシェリーはきょとんとした顔をして首を傾げる。

「私が魔力制御してあげなくても良いの？　そうじゃなかったら、あなたは周りの人をみんな殺してしまうかもしれないのに。あなたのお母様にしたみたいにね。それが嫌なら私の婚約者になりなさい」

（選択肢などない、か……）

黙り込むラルフに、アシェリーは楽しさを抑えきれないというようにクスクス笑う。歌い出しそうなほど上機嫌だ。

ラルフは我慢できなくなり、アシェリーの赤髪の束をつかんで唸るように言う。

「……良いだろう。俺を好きにすれば良い。だが俺の心まではお前の好きにはさせない」

おそらくギラギラした目をしていたのだろう。ラルフの食らいつきそうな目を見て、アシェリーは「あははっ！　反抗的な獣みたいね。その悔し紛れの言葉もいつまで持つかしら」と艶やかに笑った。


ラルフは過去を思い返して、それを振り払うように頭を振る。

昔のアシェリーを思い出すと何とも言えない微妙な気分になってしまう。

よくここまで心境が変化したものだ、と自分自身に驚いてしまうが、彼女が今や別人のように変わってしまったんだから己だって対応を変えざるを得ない。

もしかしたら心のどこかでは嫌がりつつも彼女に惹かれる気持ちもあったのかもしれない。けれど以前のアシェリーのままだったらきっと、自分はこうして素直に心を開くことはできなかっただろう。

（きっとアシェリーは生まれ変わったんだ）

ラルフは努力して変わった彼女を愛したのだ。

馬を疾走させながらラルフは次々と湧いてくる思考に囚われていた。

配下達が「陛下！　速度を落としてください！」と慌てているのが聞こえて、少しだけ手綱を緩める。

（今思うと、カイルが亡くなった時のクラウスは不自然な笑みを浮かべた気がする）

考えたくない悪い想像が脳裏に浮かぶ。

――もし故意にクラウスがカイルを殺したのなら？

そんなに昔からラルフはクラウスの恨みを買っていたことになる。

弟から母親を奪ってしまったことが後ろめたくて、クラウスと向き合えなくなっていた。父王も、母親も。家族の関係は何もかもがあの時に壊れた。

ハラハラと降り出した雨がラルフの頬を濡らす。

「……けりをつけるぞ」

そう噛みしめるようにつぶやいた。

王都はもう間近に迫っている。

第十四話◆ほうれんそうは大事

「兄上、お待ちしておりましたよ」

王宮の正門の前で、大仰に両手を広げたクラウスがラルフを出迎えた。彼の背後には兵士達が警戒の面持ちでラルフ達を見つめている。

ラルフは馬の手綱を引いて停める。

「クラウス……」

（信じたくなかった……）

だが占拠された王宮の前で、己が城主だと言わんばかりの堂々とした態度でラルフを迎えたのだ。もはや裏切りに疑いの余地はない。

背後にいた己の兵士達が剣を抜こうとしている気配を感じた。それをラルフは片手で制する。ここで斬り合いをしたくなかった。できればクラウスには投降してもらいたい。そんな淡い期待があったのだ。

クラウスは少し痩せた顔で言う。

「アメリアとシュヴァルツコップ侯爵は王宮に籠城し、侍女達を人質に取っています！　すでに兵士を王城外に配置しており、後は陛下の号令があれば乗り込めます！」

ラルフはクラウスの言い方に違和感を覚えた。

（何だ？　自分はまだ味方だという振りをしているのか？　それで俺を城内に引き入れて背後から殺すつもりか？）

そう皮肉な気持ちでラルフは思う。

情報伝達に行き違いが生じることは戦場ではままあることだ。

ラルフが馬から降りると、『王の影』が「陛下……」と心配そうに声をかけてきたが、ラルフは意に介さない。

たとえラルフ一人でも軍隊を相手にしても後れを取らないくらいの力はある。油断しない限りは、この場にいる兵士達を一瞬で殲滅《せんめつ》させるくらいたやすい。

だから最後にクラウスにどうして謀反などしたのか、いつからそんな感情を抱いていたのか聞いてみたかった。

（良いだろう。今は、お前の小芝居に乗ってやろうじゃないか）

ラルフは無理やり偽物の笑みを張り付ける。

「お前らしくないな。警備はどうした？　なぜ占拠された？　こうもやすやすと突破されるとは」

ラルフの静かな問いかけに、クラウスは言いよどむ。

「それは……」

何か言いかけた時――近付いてくる人影があった。自国の兵士だ。男は慌てた様子で何かをクラウスに耳打ちすると、クラウスは目を輝かせた。

「おお、やっとか。よくやった」

「何だ？」

ラルフが問えば、クラウスは場違いな明るい声で言う。

「俺の部下からアシェリー様を保護した、と連絡が入りました。彼女を人質に取られたら困りますからね。兄上はご心配なさらず」

（なんだ……？）

またクラウスの言い方に違和感を覚えたが、ラルフは口元を歪めて笑う。

「そういうことか。アシェリーを捕らえたら俺の弱みに付け込めるからな。お前は本当によくやったよ」

「お褒めにあずかり恐縮です。主君に命じられる前に己の職務を全うすることこそが腹心たる者の務め。さあ、これを機に邪魔者を一掃しましょう。準備はしてあります！」

（ん……？）

何だかやっぱり会話がおかしい。噛み合わないにも程がある。

「兄上に敵対する者は全員城に閉じ込めておきました。いつでも攻め込めますよ。それとも兵糧攻めが良いですか？　内部にいる部下に王宮内の武器は排除させましたし、徐々に弱らせることも可能です！」

妙に生き生きと弾んだ声でクラウスは言う。

ラルフは険しい眉間のしわを撫でて考え込んだ。

「えっと、お前はシュヴァルツコップ侯爵と共謀し、アメリアを使って王位を簒奪しようとしたのではなかったのか？」

　ラルフの問いに、心外だというふうにクラウスは驚いた表情をする。

「まさか！　俺は王位なんて興味ありませんよ。そんな面倒なことは御免です！　兄上がやってください」

「ならば、なぜ……」

　当惑しているラルフに、クラウスは困ったような顔をした。

「参ったな。てっきり兄上には伝わっているものかと……俺は以前から反国王派の貴族を一掃したいと考えていました。その筆頭にいるのがシュヴァルツコップ侯爵ということは分かっていましたが、なかなか奴らが尻尾を見せなくて困っていたんです。それでシュヴァルツコップ侯爵が俺に擦り寄ってきたことがあったんです。そして侯爵が国家転覆を図ろうとしていることを知った俺は彼に同調した振りをして懐に入り、シュヴァルツコップ侯爵の反国王派を亡き者にするために証拠集めに奮闘し――」

「ちょっと待て待て待てッ‼」

　あまりの事態にラルフは動転した。脳内でクラウスの話を整理して、ようやく口を開く。

「つまりお前は……俺のために敵の内情を調べる諜報活動をしていたということか？」

「まあ、そういうことになりますね」

　しれっと言われて、ラルフは頭を抱えた。

「どうしてそれを先に言わない⁉　俺はてっきりお前が叛意《はんい》を持ったのだと思って……！」

クラウスは困ったような顔で頭を掻く。

「いやぁ……言わなくても分かるかなと思っていたんです。だって俺達って仕事のことはいちいち口にしなくても通じ合えていたじゃないですか」

「いや、それでも報告は必要だろう！　こんな大事なことはッ！」

報告連絡相談の大切さをラルフは痛感する。

クラウスは肩をすくめた。

「そもそも俺は兄上を裏切ることはできないですよ。先王とそういう誓約を結んだので」

「誓約……？」

眉根を寄せたラルフに、クラウスが目を丸くする。

「え？　父上から聞いていませんか？　参ったなぁ……なるほど。それを知らないと確かに俺が王位簒奪をしようとしていると疑われても仕方がないか」

「何だよ、誓約って。隠し事はせずに早く言えよ」

ラルフが睨みつけると、クラウスは苦笑して降参するように両手を上げた。

「……兄上もお気付きでしょう？　俺は父上とは似ても似つかない」

「それは……」

言葉を詰まらせるラルフ。

クラウスは微苦笑して続ける。

「俺は母上とシュヴァルツコップ侯爵が密通して生まれた不義の子です。そしてそんな俺に絶対に王位を継承させるわけにはいかなかった。それで父上は俺を王族として認め生かしておく代わりに、兄の忠実な手足となって動く臣下になるよう幼少期に誓約を結ばせたのです」

クラウスは襟を開き、左鎖骨の下を見せる。そこには誓約を結んだ者にしか表れない契約の証の魔方陣が刻まれていた。

「そんな……」

ラルフは愕然とする。そんな残酷なことになっているとは思わなかった。

クラウスはからりと笑う。

「ああ、悲観しないでください。これは俺も納得して結んだ契約なので。むしろ本来なら殺されてもおかしくない俺を生かしてくれた父上に感謝しているんです。俺の存在は兄上の地位を危うくさせてしまう。そう父上が考えるのは自然なことです。俺はシュヴァルツコップ侯爵に利用されるのも御免だし、国を戦火の渦に巻き込みたくない。これでも愛国者なんです」

「だ、だが、シュヴァルツコップ侯爵がお前の本当の父親ならば、お前は彼と反目してしまうことになる……それは……」

クラウスは寂しそうに顔を歪める。

「血の繋がりなんて重要じゃありません。誰しもが家族を愛しているわけじゃない。……俺はシュヴァルツコップ侯爵に何の感情も抱いていません。むしろ俺を道具のように利用して国を乗っ取ろうとしている彼には嫌悪感すら湧く。母親だって同類です」

クラウスのその言葉で、ラルフは昔愛犬を亡くした時のことを思い出した。

「じゃあ、十年前にカイルが死んだ時にお前が笑ったのは……？」

突如向けられた矛先に、クラウスはきょとんとした表情になる。

「カイル？　ああ、兄上が可愛がっていた犬ですね。え？　俺、笑っていましたか？　記憶にないなぁ。ああ、もしかしたら王妃の行動がお粗末すぎて失笑してしまったのかもしれません」

「お粗末……」

「ええ。王妃は以前から犬嫌いで、カイルを邪魔に思っていましたから。兄上の帝王学の勉強の時間が減ると周囲に不満を漏らしていました。殺してしまうとは愚かだなぁと内心馬鹿にしていましたので、その感情が表に出てしまっていたのかもしれません」

あまりの言い様にラルフは呆然とした。

(自分の母親をそんなふうに言うとは……)

知らなかった弟の一面を知り、ラルフは困惑する。

「お前は……俺を恨んでいたんじゃなかったのか？　母親を殺してしまった俺を……」

クラウスは瞠目する。

「いいえ。まさか。……まあ確かに、うんと幼かった頃は、母親の愛情を求めていたこともありました。ですが母は俺を顧みることはなく、王位継承者である兄上の方しか見ていませんでした。むしろ俺に対しては、己が不貞を働いたくせにそれを知られるのを恐れて、必要以上に冷たく接してこられていたように思います。そばに寄れば『近付かないで』と叩かれていました。母親に抱きしめられたことも愛しげに名前を呼ばれたこともない。ただ生まれたことが何かの間違いだというような非難の目で見られたことしかなかったんですから」

ラルフは絶句した。そんな関係だと気付けなかった。確かに弟と母親は距離があるような気はしていたものの……。

クラウスは弱々しく笑う。

「だから昔は母親の興味を一身に受ける兄上が羨ましく、妬ましいと思ったこともありました。ですが自分を愛してくれない親の愛情を求めることがどれほどむなしいことか、成長していくうちに気付いたんです。だからなのか、母親が亡くなった時も悲しみなどの感情は湧いてきませんでした。……あの事件の後、兄上が父に軟禁されて一緒に遊べなくなって、とてもつまらなかった。その時に将来王になる兄上の役に立ちたいと思ったんです。だから離れている間にいっぱい勉強しました。でもこれは誓約があるからではなく、俺は自分の意思で兄上を支えたいと思ったからです。幼少期の俺を救ってくれたのは兄上の存在だったんですから」

そこまで聞いて、ラルフはその場にずるずると屈み込んだ。

ふと脳裏に浮かぶのは手を取り合って走る子供だった自分達の姿だ。母親はクラウスとラルフが仲良くすることを好まなかったけれど、子供の時は「勉強しなければいけないから」と言われても納得できなかった。隙あらば家庭教師を撒いて会いに行っていた。

「……もっと早く言えよ。俺が思い悩んだこの十年は何だったんだ」

脱力したまま絞り出すように言えば、クラウスは申し訳なさそうに眉を下げた。

「すみません。まさか兄上がそんなことで悩んでいらっしゃったとは思わなかったので」

「いや普通悩むだろう。母親を殺してしまったら弟に罪悪感を持つだろう」

「いやだって俺は普通の環境に生まれてないですし――」

「ああ、もう‼　やかましい！」

ラルフは己の髪をぐしゃぐしゃに掻き回す。

「ああ、もうよく分かった！　俺達に話し合いが足りなかったことが！」

もっと早く腹を割って話し合っていればここまでこじれなかったのだ。ラルフは弟への罪悪感からクラウスと向き合えずにいたし、クラウスはクラウスでマイペースすぎて説明不足。

（父上もクラウスの誓約のことは説明しておいてくれたら良かったのに……）

一家そろってこうなのだから頭を抱えてしまう。

クラウスは鬱陶しげに髪を掻き上げる。

「アメリアが無遠慮に俺にベタベタと触ってくるから、アシェリー様にご心配いただくくらい気が乱れてしまいました。ああいうことをされるのはかなり不快ですね。兄上の昔の心労が分かりました。アシェリー様も昔は別人のように傍若無人でしたからね」

「あ、ああ……」

ラルフは何とも微妙な返事をした。

（それでクラウスの魔力が乱れていたのか……）

しかし魔力暴走を起こしかねない状態で放置していたのは破滅的すぎる。もっと自分を大事にしろ、と言ってやりたいが、幼い頃に人から大切にしてもらえなかった者は自分を宝物のように扱うことができないのかもしれない。

（もっと弟とも向き合わねばな。この戦いが終わったら一緒に酒でも酌み交わすか……）

伝えないことの危険性はもう痛いほど知った。腹を割って話すのは大事だ。十年そばにいたって言葉にしなければ相手の真意は分からない。

「さて、どうなさいますか？」

クラウスの問いかけに、ラルフは重い息を吐く。

「できれば無血開城させたい。王城の中にいる味方の兵士達は外に出しているのか？」

「ええ、アメリア達が攻め込んでくるのは分かっていたのでほとんどの兵士は攻め込まれた時に外に逃げさせました。内部の様子を知らせるために数名忍び込ませていますが、いつでも対応は可能です。おそらく内部では今、捕虜が全くいないことに戸惑っているでしょう。武器も食料もないので罠に嵌められたことに気付いた頃ではないですかね」

「よし、それでは王城を包囲し、シュヴァルツコップ侯爵とアメリアに無血開城を要求しよう。それでも奴らが降参しなければ外に持ち出した食料を使って、市民にも協力してもらい宴を開こう。何日かすれば腹が減った奴らは音を上げるはずだ」

◇◆◇

アシェリーはラルフのいる王都へとザーラに乗って駆けていた。

「ザーラ、お願い！」

そう声をかけてたてがみを撫でると、牝馬は『任せろ』と言うように鼻を鳴らしてスピードを速める。

先ほどまで乗っていた馬車はすでに豆粒のように後方に遠ざかっていた。

今アシェリーの後ろで馬を走らせているのは『王の影』のメンバーと、クラウスから遣わされた味方の兵士だ。

少し前に合流した兵士達から聞かされた報告連絡相談のないクラウスの行動にアシェリーは憤慨していた。

（なんて紛らわしい……！）

心を痛めて悩んだ期間は無駄だった。

それに迎えにきてくれた兵士達を疑う行動をしてしまい申し訳なかった。事実が判明した後にアシェリーが謝罪すると彼らは恐縮して『我が主君の説明不足ゆえですから』と許してくれたが。

もちろんまだクラウスの計略に嵌っている可能性がないわけではないが、アシェリーは疑いの心をいったんは置いておくことにした。『安全な場所で待たれた方が……』と渋面になる兵士を説得し彼らと共にラルフのいる王都に向かうことにしたのだ。

（原作にないストーリー。ラルフの身に何が起こるか分からないもの。やっぱり、ただ待っているだけなんて性に合わないわ。護られているだけなんて嫌。私だってラルフを護りたい……！）

「アシェリー様、疲れていませんか？」

隣を走る護衛がそう声をかけてくるが、アシェリーは首を振る。

「いいえ、大丈夫。急ぎましょう！」

そうしてたどり着いた王都は異様な空気に包まれていた。アシェリー達は馬を降りて周囲を見回す。

（な、なに……？）

いたるところに兵士らしき格好をした男がたむろしていて、酒場で飲めや食えやの大騒ぎをしている。人が溢れすぎて道端で座って飲み食いしている者達もいる。市民と兵士が混じっての宴会がいたるところで開かれていた。

アシェリーが王都に入ったという知らせが早々に入ったのか、ラルフが馬で駆けてきた。

「アシェリー！」

「ラルフ、無事で良かった……！」

馬から降りたラルフと抱き合う。彼の匂いを嗅いで存在を噛みしめると、ようやく落ち着いた。

アシェリーは問う。

「街中で戦勝の宴でも開いているのですか？」

「いいや。今も俺達は戦っている最中だ。アシェリーもどうだ？」

ラルフは追ってきたクラウスから豚肉の串焼きを受け取り、アシェリーに渡してくれる。

「あ、ありがとうございます。お腹が空いていたから嬉しいです。私の護衛さん達の分もありますか？」

「もちろん！　皆さんどうぞ！」

兵士達が炊き出しをしている屋台へとクラウスは促す。アシェリーの護衛達は戸惑いつつも「ありがたい」と休憩を取ることにしたようだ。

「食べてみろ。美味いぞ」

「はい」

まだ温かいそれに歯を立てると、じゅわりと肉汁が染み出てくる。肉の旨味が口内いっぱいに広がった。甘いタレが良いアクセントになっている。王宮のフォークやナイフを使う上品なコース料理とは勝手が違うが、それがなおさら素朴な美味しさを掻き立てる。

「美味しいです」

（治療院で働いていた時は、サミュエルとこうして街の食事をとっていたわね）

思い返して懐かしむ。

「それなら良かった」

そう微笑むラルフの後ろでクラウスがニコニコしているのが気にかかる。アシェリーはラルフを窺うように見た。

「お二人の誤解は解けたのですね」

「ああ」

「あはは。どうやらご心配をおかけしていたみたいで、すみません」

ラルフはげんなりとした表情で、クラウスは後頭部を掻きながら笑っていた。

「これからどうするのですか？　しばらくこのまま様子見？」

アシェリーの問いに、ラルフが首を振って悪戯めいた笑みを浮かべている。

「総主教が王宮の中にいる信者達と話したいと言っているから任せてみようと思う。それに良い考えがあるんだ」

第十五話◆聖女の資質

「どうしてこんなこと……！」

アメリアは玉座の間から外の景色を見渡せるテラスでそう呻いた。

王宮の周りを囲む兵士達。それは前とは変わらないが、少し離れたところでは宴会がいたるところで開かれているのだ。肉の焼ける良い匂いと酒気がアメリアの鼻腔をくすぐり、お腹がグウと鳴る。

「お腹が減ったわ。何か食べ物はないの⁉」

アメリアがそう喚くと、広間にいた兵士が青い顔で首を振る。

「いいえ。食糧庫は空っぽです……！　攻め込んだ時に使用人達に持ち逃げされたのかと」

「それを止めるのがあなた達の仕事でしょう！　使えないわね！」

アメリアの罵声に被さるように、シュヴァルツコップ侯爵のため息が落とされた。

「兵士を責めても仕方がない。我々は嵌められたのだ」

「嵌められたですって⁉　それはどういう……」

シュヴァルツコップ侯爵は重いため息を落とす。

「まだ分からないのか？　あっさりと王宮を占拠できたことにのぼせてしまっていたが、時間が経ってみればおかしいことに気付く。食糧庫も武器庫も空っぽだ。そして外にはクラウスの率いる兵士達に周囲を囲まれ逃げられなくなっている」

アメリアが目を白黒させて周囲を見れば、広間にいた者達の雰囲気は沈んでいる。ほとんどがシュヴァルツコップ侯爵の私兵で、アメリアを崇拝する信者はわずかしかいない。

本来なら王宮を占拠した後に王都を封鎖し、何も知らずに少人数で戻ってきたラルフと王妃アシェリーを捕縛するつもりだった。クラウスを味方につけてしまえば、もはや不安はないという状況だったはずなのに――。

シュヴァルツコップ侯爵は苛立ったように金杯を床に叩きつけた。

「クラウスに裏切られた！　まさか血の繋がった父親より兄への忠誠を取るとはな！　なんという愚か者め……！　幼い頃からあんなに良くしてやっていたのに。私を慕う振りをして裏切るとは……っ！」

「そんな……っ！　こんなはずじゃなかったのに……」

アメリアは指を噛みながら表情を歪める。

色仕掛けでクラウスを篭絡したつもりでいた。まんまと彼に騙されていたのだ。

シュヴァルツコップ侯爵は吐き捨てるように言う。

「クラウスは周到に準備していたんだろう。でなければあんな短時間で武器や食糧を全部運べるはずがない。最低限の食糧だけ残して荷物をほとんど外に運び出しておいたのだ」

――全てはアメリア達を孤立させるために。

アメリアはゾッとした。

「このまま王宮にこもっていても我々は疲弊していくばかりだ。かといって、この戦力差では出て行っても勝ち目はない。クラウスが率いる兵士達がいる想定だったからな」

「そんな！　じゃあどうすれば……っ!?」

アメリアの受け身な態度に苛立ったのか、シュヴァルツコップ侯爵は声を荒らげる。

「お前が考えろ！　もっとお前の信者が多ければこんなことにはなっていなかったんだ！　仮にも聖女なら、もう少し人心掌握くらいしたらどうだ!?　お前は信者を五十人ほどしか連れてこられていないじゃないか！　聖女というなら数千人くらいヴィザル教徒を引き連れてこい！」

「む、無茶言わないでよ……！」

アメリアは腰が引けた姿勢になる。

ヴィザル教徒は多いのだから、確かにアメリアに求心力がもっとあればそのくらいの人数でも可能だったかもしれない。だがアメリアの悪評は広く流布されていて、付いてきてくれる者がいなかったのだ。数少ない妄信的な信者達も、今は広間の隅で肩を寄せ合って青い顔をして震えている。

その時、おずおずとした様子で信者の一人に声をかけられた。

「あ、あの聖女様……どうか私達にお恵みを」

そう這いつくばいながら拝むのは信者の男だ。どうやら腕に怪我をしているらしく血を流していた。

「聖女様は傷を治す力があると伺いました。どうか私達を癒してくださいませんか？」

アメリアは顔を歪めて、己の右手の甲をもう一方の手で覆い隠す。神の庇護をなくしたアメリアには聖女の紋章はない。自ら描いた偽物の模様だけだ。

(癒しの能力なんてもう使えないのよ……！　力が使えないことがバレたら……っ)

アメリアの顔から血の気が引いた。

ここにいる者達は手のひらを返し、アメリアを罵倒するだろう。もしかしたら騙されたことに腹を立てて殴りかかってくるかもしれない。

(クラウス様さえ攻略できれば巻き返せると思っていたのに……！)

ギリギリと歯を食いしばり、アメリアは信者の男の頬を手で叩いた。

「無礼者！　私の神聖力はお前のような下層民には使わないのよ！　わきまえなさい！」

そう吐き捨てて――悪手だったことに気付いた。信者達は恨みがましい目でアメリアを見ていたのだ。

「こんなことなら周りの忠告を聞いておけば良かった……」

「アメリア様になど付いて行かなければ、命だけは助かっていたかもしれないのに。このままでは飢え死にだ」

「暴動を起こしたんだ。俺達はもう駄目だ。陛下もお怒りだ」

「こんな女が聖女だなんて……アシェリー様だったら貴賤の区別なく救ってくださっただろうに」

そんなヒソヒソとした言葉まで飛び交う。アメリアはとても聞き捨てならなかった。

「何ですって⁉　どうして、あの性悪女を皆して……っ‼」

その時、外で騒ぎが起きていた。

「何事だ？」

憔悴した顔で問いかけるシュヴァルツコップ侯爵に、兵士は動揺した様子で口ごもる。

「そ、それが……外をご覧ください」

そう促されて侯爵とアメリアはテラスから顔を出した。

テラスから外を眺めると、そこにはアメリアがよく知る人物が立っていた。総主教だ。後ろにはラルフやクラウス、アシェリーの姿まである。

「総主教⁉　生きていたのね……」

（てっきり、もう亡くなっていると思っていたわ）

アメリアは目を白黒させる。シュヴァルツコップ侯爵は嫌な予感がするのか頬を引きつらせた。

「殺すつもりだったが、始末はクラウスに任せていた。それが仇となったか……」

呆然とつぶやく侯爵。

総主教は威厳のこもった声音で信者達に向かって語りかけてくる。

「我が愛する同胞達よ。同じ主を崇めるヴィザル教徒よ。私は神の忠実なる僕――総主教ワイヴァンである。私の声にどうか耳を傾けておくれ」

不思議と響く声に釣られて広間でうずくまっていた信者達もテラスまで移動してくる。総主教様、と彼らが歓喜の声を漏らした。

「おお、我らの同胞達よ。ああ、顔をもっと見せておくれ。私が分かるだろうか。神の忠実なる僕《しもべ》だ」

総主教が語りかけると、目が合った信者達の目が輝く、先ほどまで広間の隅で死んだ目をしていた者と同じ人物とは思えない。雲の上の存在と目が合い涙を流す者もいた。

「総主教様……総主教様だ……」

「同胞達よ。私は一度死に、そして神の癒しの手により、よみがえった。その時に私は大きな過ちを犯していたことに神の言葉によって気付かされたのだ。目に見えるものが全てではないと。私は神の紋章に目がくらんで、ある女を聖女と決めつけた。道を見誤ったのだ。その女は周囲に無礼を働き、王妃を暗殺しようと企む女狐だったというのに――」

総主教はアメリアを指差して批判した。

「なっ⁉」

アメリアは唖然とした。

（まさかこんな展開になるなんて……）

総主教は、なおも語り続ける。

「神は女から聖女の資格を剥奪された。その女はもはや聖女ではない。同胞達よ、神はあなた達を許される。心の目で見ることの大切さを主は教えてくださったのだ。どうか、私と共に手を取り合い、真の聖女の元へ集っておくれ」

真の聖女、と総主教に示されたのは彼の隣に立っていたアシェリーだった。しかしアシェリーは初耳だ、と言わんばかりの驚愕の表情をしている。

　総主教の話を清聴した信者が涙を流しながら、よろよろと扉から出て行く。それに続いてどんどん王宮の外に信者達が向かっていた。兵士達も命乞いをするために次々と出て行ってしまい、いつの間にか広間はガランとしていた。残されたのはアメリアと侯爵だけだ。

　豪華な調度品や天井画に囲まれているのに、玉座に掛ける者もおらず、兵士一人もいない広々とした空間はどこか滑稽に映った。

　残されたアメリアは床にヘナヘナと崩れ落ちる。

「どうして……？　隠していたのに」

　右手の甲にある自分で描いた模様を手で押さえた。

　人目に触れないよう細心の注意を払っていた。浴室で体を洗う時も着替えも、クラウスが派遣してくれた侍女には任せず一人でしていたのだ。そこでアメリアはハッとする。

（だからあの侍女に怪しまれたんだわ……！）

　今までは神殿で何をするにも侍女に任せていたのに、突然自分で全ての身支度をするようになったから。もしかしたら寝ている間に侍女に右手の甲の紋章を確認されたのかもしれない。

　テラスの手すりの柱から外を窺えば、目が合ったクラウスがニヤリと口の端を上げる。

「あの男……ッ！」

　ぶるぶると震えるアメリアの右手首をつかみ上げ、シュヴァルツコップ侯爵がアメリアの手の甲を食い入るように見つめる。そしてワナワナと震え出した。

「あ……、お義父様。離して」

アメリアは空気に耐え切れず言ったが、シュヴァルツコップ侯爵はアメリアの髪を乱暴につかんで引き寄せた。

「この偽者め！　お義父様などと呼ぶな！　貧民出身のくせに汚らわしい！　お前のせいで……っ！　お前が偽者と知っていれば、私はこんなことには……っ！」

「わ、私は本物よ！　本当に聖女だったの！　今は紋章が消えてしまったけど……！　気付かなかったのはそっちじゃない！　私の責任じゃないわ！」

カッとなってそう叫べば、シュヴァルツコップ侯爵は顔を真っ赤にさせた。

「小娘がッ！　お前なんぞを引き取った私が馬鹿だった！」

そう叫んだシュヴァルツコップ侯爵がアメリアを殴りつけようとして――。

その手が阻まれた。突如、飛んできた短剣が侯爵の腕に突き刺さっていたのだ。

「うわぁぁぁ！！！」

シュヴァルツコップ侯爵はアメリアから手を離し、床に転がり回る。衣装の腕部分には血が広がっていた。

アメリアはそれを投げた相手――広間の扉から駆け込んで入ってきたラルフを見て目を輝かせた。

「ラルフ様……私を助けてくれたのですか？」

（なんだ。やっぱり彼は私のこと好きなんじゃない……！）

アメリアの胸は躍ったが、ラルフの眼差しは冷たかった。

「勘違いするな。裁判にかける前に死なれては困るからだ。おい、お前達。あの二人を連れて行け」

ラルフが命じると、護衛の兵士達がアメリアを取り囲んだ。

「な、なんで！　どうしてシナリオ通りにいかないの！　悪女さえ……あの女さえいなければ私はこんなことには……っ！」

アメリアはラルフの横に寄り添っているアシェリーを恨みがましく見つめた。アシェリーは困ったような目をしている。

ラルフはため息を落とした。

「……どうしてそんな勘違いをするのか分からないな。たとえアシェリーがいなかったとしても、俺がお前を愛することはない。絶対にだ。お前の行動は聖女としてふさわしくない。だから神は聖女の証を取り上げ、力を使えなくしたのだろう」

そう断定されて、アメリアは「そんな……」と崩れ落ちた。

（これは私のためのストーリーのはずなのに……どうしてこうなっちゃったの……？）

ラルフの後ろでニコニコとこちらを見ているクラウスが憎らしく思えた。

「大嘘つき野郎！　お前が裏切らなければ私は……っ！」

そう噛みつくように怒鳴りつければ、

「俺のせいにするな。全部お前自身のせいだろう？」

クラウスはそう言って肩をすくめた。

アメリアは顔を伏せていたが、ぎらりと眼光を鋭くして己を拘束していた護衛兵士に
「離しなさいッ‼」

と叫んで隠し持っていた小剣を突き刺した。

「えっ？」

予想外の行動に兵士は血を流し、動揺して拘束を解いた。アメリアはその隙をついてテラスから外に飛び降りそうとする。

「やけくそになったか……。待て！　逃げても無駄だ！」

ラルフの制止も聞かず、アメリアは二階から中庭に向かって飛び降りた。そこにはちょうどタイミングの悪いことに総主教と信者達が集まっていた。

ゴッと鈍い音を立てて何かがぶつかるような音が響く。直後に悲鳴。

「ぎゃあああ」

アシェリーとラルフは顔を見合わせてテラスに向かって駆けた。

真下を覗き込むと、そこではアメリアが倒れた信者を踏みつけにしていた。その手には血に濡れた小剣があり、刃は総主教に向けられていた。

「総主教様、信者の命が惜しければ……分かりますよね？」

アメリアの問いかけに、総主教はごくりと唾を飲み込み、重々しくうなずく。

「……我が同胞を放してやってくれ。私が彼の代わりになろう」

「総主教様、駄目です……‼」

アシェリーは悲鳴のように叫んだ。ラルフが隣で舌打ちしてテラスから身を乗り出し、飛び降りようとした。だが、その動きをアメリアに制される。

「動かないで。もし怪しい動きをしたら信者も総主教の命もないわ！」

アメリアはそう叫んで、素早く動いて総主教の背後から首に腕を回す。いつでも首を掻き切れる体勢だ。

（なんてこと……）

アシェリーは目の前が真っ暗になる。このままでは総主教の命が危うい。それに倒れている信者の容態も心配だ。二階から降ってきたアメリアに踏みつけにされたのなら、打ち所が悪ければ死んでしまうだろう。地面に伏して苦しげに呻いているが、一刻も早く治療してやらなければ。

アシェリーは手すりを強く握りしめる。

「アシェリー。お前は動くな」

隣にいたラルフがそう言った。

「でも……っ」

この場にいる治療師はアシェリーだけだ。早く治療してやらねば、と気が急く。

ふいにアメリアがアシェリーに向かって傲然と言った。

「アシェリー、あなた一人で降りてきなさい。この男を治療したいならね」

「なっ……！　そんなことできるわけがないだろう‼　俺も一緒に行く」

そう怒鳴るラルフを、アメリアは鼻で笑う。

「そう。ならこの男は見殺しにするしかないわね」

アメリアは地面に血を流して横たわる男の腹部を蹴った。

「ぐあぁぁ‼」

男は体を丸めて、ぜいぜいと肩で息をしている。遠目にも危険な容態だと察し、アシェリーの体から血の気が失せていく。

(早く治してあげなければ……)

「アシェリー、あなた一人で来なさい！　そうすればこの男は助かるのよ！」

アシェリーは震える手を握りしめて、アメリアに向かって問う。

「本当に、私が一人で行けば彼を治療させてくれるの……？」

アメリアはニッコリと笑う。

「私は約束を守るわ」

隣にいたラルフがアシェリーの手を握りしめる。

「――頼む、アシェリー。行かないでくれ」

その切なる願いに、アシェリーの胸はギュウと締め付けられる。ここで逃げたって誰も責めないだろう。アシェリーは王妃だ。責任もある。アメリアの言う通りにしたら己が死んでしまうかもしれない。ここで一人を救うことに固執するよりも、自分は生きて多くの人を救うべきだ。魔力暴走を止める研究だって、まだ志半ばなのに。そんなことは頭では分かっている。

――でも。

「……ここでそんな選択をしたら、私は一生自分を許すことができなくなる」

アシェリーはつぶやいた。

最初は己のせいで苦しむラルフを救いたいという想いだった。だが魔力暴走で苦しむ人を、戦場で傷つく人達を、体の痛みを訴える患者達を診ているうちに、自分の中で新たな感情が芽吹いた。

自分が救える命があるならば救いたい。

目の前で苦しんでいる人がいるなら手を差し伸べたいという、かつての自分勝手な己ならば想像もしなかった感情だ。

(償いたい……)

今までアシェリーが見捨ててきた人々に。

もう二度と、そんな不幸な人を己の周囲に生みたくない。だから――。

「……ごめんなさい、ラルフ。必ず戻るから」

アシェリーはそう言って、扉に向かって駆け出した。ラルフの手は宙を掻く。

ラルフの身体能力なら、本気を出せばアシェリーの動きを止めることができただろう。

だがそれ以上動けなかったのは、アシェリーの決意を感じたからだ。行かせてしまったら無事に戻ってこられるか分からないのに。もしかしたら死んでしまうかもしれない。

「アシェリー、俺は……」

倒れた信者の男はラルフの守るべき国民だ。ラルフは民を救いたいという慈悲の心を持っている。

――だが、その時ばかりは自分の王としての立場よりも、可哀想な人間を救ってやらねば、という正義感よりもアシェリーを失いたくないという感情が先にきた。

（そばにいて欲しい……）

アシェリーはこの国にとって貴重な存在だ。

きっと彼女は魔力暴走を止め、歴史書に名を残すような人物になるだろう。

けれど、だからそばにいて欲しいのではなく、ラルフを支配するのはもっと幼稚な感情だった。

脳裏に浮かぶのは、幼かったあの日、己に手を差し伸べたアシェリーだ。

少女の傲慢な言い分に苛立ちながらも、魔力暴走を起こして周囲から孤立したラルフにそばにいなさい、と言い放ったその女王然とした振る舞いに。

その自分勝手さに心のどこかが救われたラルフが確かにいたのだ。

そして最近のアシェリーの変化に影響されて、ラルフも素直になれた。

（この世界から魔力暴走をなくすと、俺のそばにずっといると誓ったじゃないか……！）

たとえそれが王として罪のない民を見捨てる結果になったとしても。

譲れない感情が前に出てきてしまい、それに罪悪感を覚えてラルフの心は軋みを上げた。彼は人一倍正義感の強い人だったから、その矛盾に耐えられなかった。

「アシェリー……」

ラルフはその場に力なく膝をつく。青い瞳の奥には、暴走しかけた魔力が渦を巻いていた。


アシェリーは建物の玄関から飛び出ると、中庭にいるアメリア達に向かって近付いていく。

「止まって！　少しずつこっちに来なさい。変な動きをしたら総主教を刺すわ！」

アメリアはそう叫び、総主教の首に這わせた小剣を彼の肌に押し付ける。

「うっ……」

総主教が顔を歪めて呻いた。

アシェリーは、ぐっと拳を握りしめる。

(総主教様を人質にするなんて……なんて卑怯なの！)

だが、ここで逆らえばアメリアは容赦なく総主教を刺すだろう。

「分かったわ……」

アシェリーはじりじりとアメリアに向かって近付いていく。

そして彼女の足元に倒れている信者の男のそばで膝をつくと、彼の容態を確認しながら声をかけた。

「もう大丈夫ですよ。治療しますからね。あと少しだけ耐えて」

「ア、アシェリー様……」

苦悶の表情を浮かべていた男は力なく顔を歪めて、ボロボロと涙を流した。

「私のせいで……！　すみません。何とお詫びすれば良いか。王妃様を、危険にさらすなど……っ」

か細い息を吐きながら、地面に顔を擦り合わせながら男は悔しそうに言う。

「いいえ。貴方のせいではありません」

アシェリーは男の傷口に手をかざして、治癒魔法をかける。

「私は自分の意思でここに来ました。それに……民を守るのは王妃の役目。傷ついた人を癒やすのは治療師の仕事ですから、私は貴方を見捨てたりしませんよ」

そう答えれば、男はますます涙を流した。

「ああ……　貴方は本当にお優しい方だ……！　まるで聖女様のようだ」

（そんな大層な人間じゃないわ）

アシェリーは心の中でそう答える。

アメリアが苛立ったように言う。

「戯言はそれくらいにして。アシェリー、こっちに来なさい」

アシェリーは強張った表情で、小剣が這わされた総主教の首を見つめながら立ち上がった。

「総主教様、大丈夫ですか？」

今にも倒れそうなほど青ざめている総主教に、アシェリーはそう小さく声をかけた。

総主教は「ええ」と硬い声で答える。

アシェリーは彼の首筋に赤い筋が走っているのに気付き、顔を歪ませる。

「総主教様の傷を治させて」

アシェリーがそうアメリアに訴えると、彼女は鼻で笑う。

「この程度の傷、なんてこともないでしょう。それより自分の心配をしたら?」

そう言ってアメリアは、アシェリーに「こちらへ」と促した。

アシェリーがそっと静かに近寄ると、アメリアは突然アシェリーの腕をつかんで引っ張った。

同時にもう一方の手で総主教を突き飛ばす。

アシェリーが捕らわれて、総主教と入れ替わった形だ。

地面に伏せた総主教が血を吐くような声で呻く。

「おお、何ということを……アシェリー様、このような老体の身代わりになるなど……」

アシェリーはホッと息を吐き、微笑む。

「……ご無事で良かったです」

その言葉に、総主教は瞠目した。

「アシェリー様、貴方は……」

──その時。

「ひっ!」

アメリアの小剣がアシェリーの首筋に走り、焼けるような痛みが襲った。

「なに許可なく喋っているの。次に勝手なことをしたら殺すわ」

剣呑なアメリアの口調に、アシェリーは唇を噛んだ。

「やめろ、アメリア！」

ラルフの声が遠くに聞こえたが、アメリアは一顧だにしない。ラルフはいつの間にか建物から出て、アシェリー達を囲う兵士と信者の前に出ていた。

ラルフの身に宿る魔力が不安定に揺らいでいることに気付き、アシェリーは目を見開く。

「ラルフ……？」

困惑気味に彼を見つめていたが、突如背後にいたアメリアが剣先でアシェリーの顎を持ち上げる。

「やめて欲しかったら、私が逃げるための馬車を用意しなさい。変な小細工をしたらこの女がどうなるか分かるわよね？」

（……っ）

痛みに顔をしかめながら、アシェリーは口を開いた。

「アメリアさん、こんなことをしたら後悔するわ」

アメリアは鼻で笑う。

「あなたがそれを言う？　アシェリー、あなたさえいなければ私はラルフ様と結婚して王妃になれた。皆から尊敬される存在になれたはずなのに……」

そう言われて一瞬だけ罪悪感を覚えたが、アシェリーは内心首を振る。

（いいえ。私は二人の仲を邪魔しようとしていなかったし、ラルフの選択がもし変わったのなら

それはアメリアさんの言動によるものだわ）

周囲にした態度は全て己に跳ね返ってくるのだ。

アメリアは自分がヒロインだからとあぐらをかき、周りに対して自分勝手に振る舞った。その行為の代償を受けているだけだ。

アシェリーはチラリとラルフの方を見て、不安を覚える。彼の息遣いが荒くなっており、魔力が先ほどよりも乱れていた。

（ラルフの様子がおかしい。早く終わらせなきゃ……）

アシェリーは何も無計画に行動したわけではない。ちゃんと勝算があってのことだ。

（本当はこんな方法なんて使いたくなかったけれど……）

アシェリーはラルフみたいに剣は使えないし、フローラのように弓も使えない。できることは治療師として治癒と魔力を制御することだけだ。

――だが原作を知るアシェリーは別の使い方も知っている。

天才的な魔力制御の能力を持つアシェリーになら、その能力を応用できることを。

突然、アシェリーはニッコリと微笑み、アメリアの腕に触れた。

身を強張らせたアメリアの表情が、直後、苦痛に歪む。

「あ、あなた何を……っ」

「体内の魔力を乱したの。魔力制御の応用ね。やろうと思えば魔力暴走も起こせるわ」

アシェリーは艶然と微笑む。

（もちろん、ただの脅しだけど）

アシェリーの天才的な魔力制御の能力をもってすれば、魔力暴走を起こす寸前にして人間を時限爆弾にもできる。そんな恐ろしいことをやる気はないが。

「投降してちょうだい。……アメリアさん。罪を悔いれば、もしかしたら違う未来だって……」

「黙りなさいッ‼」

アメリアはそう叫び、小剣を握る手に力を込める。このままアシェリーを刺し殺すつもりなのだろう。

（ああ、やっぱり駄目だったわね……）

アメリアに自ら罪を悔いて自首してもらいたかった。そうしてくれればアシェリーだって、できる限りの助力はしたのだが……。

アシェリーは悲しいため息を落としてから、アメリアの魔力をさらに乱した。その瞬間、アメリアは気絶した。

総主教が狼狽して叫ぶ。

「な、何が起こったんです⁉」

「大丈夫。気絶させただけです」

アシェリーはそう答えて微笑む。地面に横たわるアメリアの様子を確認して、怪我がないことを確認した。

アメリアの呼吸が乱れて魔力が渦を巻いている。

アシェリーがポケットから小さな『精霊の涙』を取り出してアメリアに触れさせると、次第にアメリアの表情の険が取れていった。ラルフに渡したものより小ぶりだが十分威力を発揮してくれているようだ。

それに安堵してホッと息を吐いた時——異様な空気を感じて全身に鳥肌が立った。

慌ててそちらを見ると、ラルフの体から黒いモヤのようなものが生まれている。

「ラルフ……っ」

アシェリーは急いで彼の元に駆け寄ろうとしたが、背後から腕をつかまれる。

「やめなさい！　近付いたら危険です！　陛下は魔力暴走を起こしかけている。一刻も早くお逃げください‼」

総主教が切羽詰まった声で叫ぶ。

「うわぁぁあ‼」

「陛下が暴走した！　逃げろ‼」

信者達はその場にいた信者や兵士達が蜘蛛の子を散らしたように走り去って行く。うずくまるラルフの背中からは触手のような黒いモヤがいくつも伸びて渦を巻いていた。

近くで様子を窺っていたらしいクラウスが苦々しい顔で呻く。

「クソッ、どうしてこんなことに……」

ラルフの目の奥はにごり、苦しげに両手で掻きむしっていた。その様子にアシェリーは胸が潰れそうになる。

「ラルフ……！」

アシェリーが彼に向かって駆け出そうとした時、一人の兵士がラルフの黒いモヤに足をつかまれ転倒する。その直後に別のモヤが兵士の首に巻きつき締め付け始める。兵士はそれを引きはがそうともがき、両足をバタつかせた。

「くっ！」

クラウスは剣でそのモヤに斬りかかり、黒いモヤはその部分だけ消滅した。直後兵士が地面に転がり息を荒くしている。

（良かった……！　無事だったみたい）

アシェリーは安堵した。誰かが死ぬところなんて見たくないし、ラルフにも周りの人を傷つけて欲しくない。きっと彼が後で一番後悔するだろうから。

「駄目だ。すぐに再生してしまう！　アシェリー様、お逃げください！」

クラウスの叫び声に、アシェリーは唇を噛んだ。

（私は……）

――だとしても、ここで逃げるわけにはいかないのだ。

アシェリーはラルフに向かって駆け出した。

「やめろ！」

「おやめください‼」

背後からクラウスと総主教の制止の声が聞こえたが、止まれない。

（だって私は彼の妻だもの……！）

たとえ魔力暴走を起こしかけていても。

病める時も健やかなる時も。かつて、そう誓ったのだ。その時の結婚式の誓いは一方的なものだったけれど、今はそうではないと信じている。アシェリーの気持ちはきっとラルフに通じている。

（ラルフ、必ず助けるわ！）

魔力暴走を起こしかけているラルフを前にすれば、怖くて足が竦みそうになる。だがアシェリーは足を止めない。

ラルフは『精霊の涙』を身につけているはず。それがきっとアシェリーの力になってくれるはずだ。

「ラルフ！」

黒いモヤに包まれた彼の姿はまるで魔物のようだった。けれどラルフはアシェリーの呼びかけに反応して、苦しげな表情のまま顔を上げた。その指の隙間から濁った瞳でアシェリーを見つめてくる。

「アシェ……リー……？」

彼の声に安堵して、アシェリーは微笑んだ。

「そうよ、ラルフ。必ず戻るって約束したじゃない」

そう言って彼に近付こうとしたが——。

突然目の前に黒いモヤが集まり、人の形を成したかと思うとその腕が伸びてきてアシェリーを捕らえようとした。

（うわっ……！）

咄嗟に避けようとしたが間に合わず、黒い腕に手首をつかまれてしまう。

「アシェリー！」

クラウスが叫ぶ声が聞こえたが、次の瞬間には黒いモヤが広がりアシェリーを包み込んだ。

「アシェリー！　クソッ、離せ！」

（……っ）

苦しい。息ができない。まるで水の中にいるようだ。空気を求めて口を開くが、入ってくるのは酸素ではなく邪悪な感情に支配された魔力だ。己の体内の魔力が濁っていくのを感じる。

（このままじゃ……！）

苦しくて意識が朦朧としてくる。だがここで意識を失うわけにはいかない。ラルフを救うためには――彼の元にたどり着くためには。

アシェリーは朦朧とする意識を必死に繋ぎ止めながら、魔力を練る。どこかに『精霊の涙』があるはずだ。ラルフは捨てていないだろう。きっと、この黒いモヤのどこかに浮かんでいる。

（大丈夫……私ならできるわ）

アシェリーは自分自身に言い聞かせた。

（魔力暴走の止め方は、ちゃんと知っているもの……！　応えて『精霊の涙』！）

周囲に意識を飛ばせば、少し離れた暗闇に場所に『精霊の涙』は浮かんでいた。わずかに発光を始めたその石に向かってアシェリーは精一杯手を伸ばす。

（泳ぎは苦手なんだけど……っ）

指先がそれにどうにか触れた時、アシェリーは一気に魔力をその大粒の『精霊の涙』に押し込んだ。その石は威力を数倍にして返してくれる。

（お願い……ッ！）

アシェリーがそう強く願うと、『精霊の涙』はまばゆいほどに光を放った。

「ッ！」

黒いモヤが暴れてアシェリーを締め付けてくる。アシェリーは必死に残った魔力を使って黒いモヤを押し返そうとした。だが――。

（あ……）

意識が遠のいていく。視界がかすんでいくのが分かった。もう抵抗できない。

アシェリーは意識を失う直前に、黒いモヤが霧散していくのを見たような気がした。

「アシェリー！」

暗がりから力強い腕が己を引き上げてくれた。

かすんだ視界が晴れてくると、そこは元の王宮の庭園だった。柔らかい陽光が降り注いでいる。

「うっ……」

アシェリーはゆっくりと目を開けた。ぼんやりとした視界の中、誰かがこちらを覗き込んでいいるのが分かる。その人物が誰なのか認識した瞬間、アシェリーはガバッと起き上がった。

「ラルフ！」

アシェリーは、目の前にいた人物——ラルフに抱きついた。

先ほどまで黒いモヤにまとわりつかれていたはずだが、今は完全に消えている。どうやら『精霊の涙』が発動して浄化してくれたらしい。

（良かった。もう大丈夫だわ……）

ラルフは悲痛な表情でアシェリーを抱き返す。

「目を覚ましてくれて良かった……っ！　もう目を覚まさないかと……」

「……心配かけてごめんなさい」

時間がなかったから戻ってくるという説明だけにしてしまった。それが彼を不安にさせてしまったんだろうと今では分かる。魔力暴走を起こすかもしれないと予想していたのに、うかつだったことを猛省した。

（でも、もういつものラルフだわ。良かった……）

そう思うと嬉しくて笑みがこぼれる。

「助けてくれて、ありがとう。アシェリー」

ラルフの感謝の言葉に、アシェリーは首を振る。

「いいえ。あなたの妻ですから。当然のことです。皆を……ラルフを護るって誓ったから」

と答えると、ラルフは嬉しそうに微笑んだ。

これからもずっと誰一人取りこぼさず周囲の人々を救っていきたい。

それは無謀な夢かもしれない。もしかしたら、いつか限界が来るかもしれないけれど、アシェリーはできる限りのことをするつもりだ。

アシェリーが彼の背中に腕を回してギュッと抱きしめると、ラルフも抱きしめ返してくれた。その温もりに安心して涙がこぼれそうになる。

——だが、すぐにハッとする。

（そうだわ……！　皆は……）

慌てて周囲を見回すと、クラウスや総主教、そして兵士達が優しい瞳で二人を見ていた。

「ご無事で何よりです。ですがイチャイチャは二人きりの時にしてくださいね」

そうクラウスに釘を刺され、アシェリーは羞恥で顔を赤くする。

「す、すみません……」

アシェリーが慌ててラルフから体を離そうとすると、彼はギュッと腕に力を込める。そして耳元に唇を寄せて囁いてきた。

「それなら続きは二人の時にしよう」

「っ！」

（もう！　そんなことを言って……）

アシェリーはラルフの胸を軽く叩いた。顔は恥ずかしさで熱を帯びている。——でも決して嫌な感覚ではなかった。愛されていると分かるからだろうか。

そんな二人をクラウスが生温かい眼差しで見つめている。

「……さて、では陛下。そろそろ王宮へ戻りましょうか」

「ああ……そうだな」

クラウスに促されてうなずいた後、ラルフは名残惜しそうにアシェリーを離した。そして彼は総主教の方に顔を向ける。

「総主教、協力ありがとう。おかげで無事にアシェリーを救い出すことができた」

「滅相もございません。私は何もしておりませんから……むしろ人質になってしまいアシェリー様の足を引っ張ってしまいました。アシェリー様、この老木をお救いくださりありがとうございました。さすがは聖女様です」

「いえいえ……って、聖女？」

アシェリーは目を丸くする。

先ほどは王宮にこもっていた信者を説得するために言ったのだろうと思っていたのだが――。

総主教は顔のしわをさらに深くして微笑む。

「ええ。その身に宿る聖女の力を感じましたゆえに」

その時、まばゆい光がアシェリーの右手を包み込む。

「え？」

不思議と熱くないそれはすぐに消え、残されたのは聖なる証――聖女の紋章だった。アシェリーは信じられず己の右手の甲を凝視する。

「えっ？　嘘でしょう……？」

「ははっ、神も同意してくれたようだな」

ラルフは声を上げて笑っている。

アシェリーが右手を押さえて戸惑っていると、総主教が歓喜の涙をこぼしながら言う。

「じつは、アシェリー様の行動は聖女のようだと常々市民の間で噂が流れておりました」

「え？　私が聖女だという噂が？」

アシェリーは困惑した。

ラルフが補足説明をしてくれる。

「ほら、貧民街で魔力暴走を起こした市民を助けたことがあっただろう？　あれが王妃の行動だと国民に知れ渡ってしまったんだ。軍でも、貴族でも、庶民の間でも、お前の評判はすごく良くてな。『本当は王妃様が聖女なのでは？』という声が色んなところから聞こえていたんだ。最近、街ではアシェリーの英雄劇が人気でよく披露されているようだし、肖像画も売れまくっているらしい」

「し、知りませんでした……」

アシェリーが患者の治療をする時も王宮まで来てもらっていたから、外からの情報が遮断されている状態だったのだ。

まだ状況が受け入れられないアシェリーの両肩を背後から押さえて、ラルフはクスクスと肩を揺らす。

「これからはもっと忙しくなりそうだな」

王妃だけではなく聖女としての役目もあるのだ。アシェリーはその未来を思って苦笑した。

けれど嫌な気分ではないのは、隣にラルフがいてくれるからだろう。

たとえ聖女となってもアシェリーのすることはこれまでと変わらない。治療師として多くの人を助け、愛するラルフのそばにいるだけだから。

エピローグ

アシェリーは侍女フィオーネを連れて王宮の廊下を歩いていた。

魔力暴走を起こしたラルフを浄化した日から数日が経ち、ようやく日常を取り戻しつつある。

「あら？」

廊下の向こう側から歩いてくる二人組を見て、アシェリーは思わず足を止めた。そのうちの一人はサミュエルだった。

「サミュエル。こんなところで会うなんて珍しいわね」

「よう。アシェリー。元気そうだな」

サミュエルは軽く手を上げる。

アシェリーは彼の隣にいる治療師の格好をしている十二歳くらいの少年に目を留めた。

「あなたは……」

「こんにちは、アシェリー様。僕を覚えていらっしゃいますか？」

見覚えのある面立ちに、アシェリーは貧民街での記憶がよみがえる。確か魔力暴走を起こした少年だ。

「もちろん覚えているわ。オリヴァー、元気にしていた？」

「はい！　サミュエルからアシェリー様が作ってくださった護石、受け取りました。大事にしています。……これがあるから安心して皆のそばにもいられます。本当にありがとうございました！」

オリヴァーはそう言うと、胸のあたりに手を当てた。服の下のペンダントにして身につけているのだろう。

（良かった。私の魔力を込めた『精霊の涙』は役に立っているのね）

あれからアシェリーは『精霊の涙』を使って魔力暴走を抑える護石を作り出した。

まだ護石は半年ほどしか効果がないが、ゆくゆくは、その人が一生つけていれば困らないものにしたいと思っている。

まだ作った護石は一部の人にしか渡せていないが、いずれは誰にでも安価に手に入れられるものとして普及させたい。

アシェリーは優秀な者を集めて王宮治療師団を作り、魔力暴走を抑えるための研究と開発を続けていた。

——もう二度と不幸な魔力暴走を起こす者がいなくなるように、と願いを込めて。

「今はサミュエルに色々教えてもらって、デーニックさんの治療院で見習いとして働かせてもらっています。妹……家族にも仕送りができるようになりました！」

オリヴァーの頭をサミュエルは小突いた。

「おい、なんで俺を呼び捨てなんだよ！　先輩と呼べ！　それかお兄様だろ！」

サミュエルが苦笑いしている。彼は親しみやすいので、どうも周囲から舐められがちなのだ。

「お兄様？」

アシェリーが首を傾げると、サミュエルがうなずく。

「ああ、帰る家がなかったから、オリヴァーはうちが引き取ることになった。形としては俺の両親が養子として引き取ったから、こいつは俺の義理の弟になるな」

「嫌だよ。サミュエルを兄貴と呼ぶなんて！」

「うるせぇ！　お兄様と呼べよ！」

おそらく何度もしたやり取りなのだろう。二人の間には親しげな空気が漂っていた。

アシェリーの胸が温かくなる。

「そっか、良かった……」

魔力暴走を起こして元のコミュニティには戻れなくなったのだろうが、サミュエルの実家のラダー伯爵家が引き受けてくれた。

おそらくサミュエルが陰で尽力したのだろう。きっとオリヴァーもそれを分かっているが、気恥ずかしくて兄と呼べないでいるのかもしれない。

「俺、アシェリー様に憧れて治療師になろうと思ったんです！」

そう言って目を輝かせるオリヴァーに、アシェリーは驚きに目を見開いた。

（憧れられるような人間じゃないんだけど……）

だがそれを言うわけにもいかないので曖昧に微笑むしかない。

「ありがとう。そう言ってくれて嬉しいわ」

「まぁ、まだまだ見習いからは脱せないけどな。俺の実力を超えてもらわないと……って痛ぇ！」

偉そうに言ったサミュエルの横腹を、むっとした表情のオリヴァーがつかんで捻った。

「うるさいなぁ馬鹿兄貴！　すぐにサミュエルなんて抜かす！」

仲の良い兄弟のように言い争っている二人を見てアシェリーは心が温まったが、このままだと殴る蹴るに発展しそうだったのでサミュエルに水を向けた。

「サミュエル達は何か用事でこちらへ？」

アシェリーの問いに、彼は肩をすくめる。

「ちょっと、じいちゃんが陛下のところに行っているみたいで。皆で昼飯でも食べようかと思って迎えに行くつもりだったんだ」

デーニックには王宮治療師団の顧問を務めてもらっているので、たびたびアシェリーも顔を合わせていた。

「そうだったの」

アシェリーは納得してうなずく。

「アシェリーも一緒に食事どうだ？」

サミュエルはそう軽く声をかけてくれた。

誰かに聞かれていたら気軽に王妃を誘いすぎだと叱責を受けただろうが、ここにいるのはアシェリー達だけだ。

「いえ、じつはさっき食べてしまって。また皆で一緒に食べましょう。今度治療院にお邪魔するわ」

申し訳なさそうに言ったアシェリーの言葉に、オリヴァーが目を輝かせて言う。

「アシェリー様が家に⁉　本当ですか⁉」

「ええ、約束ね」

そう言うと、少年は嬉しそうに「絶対ですよ！」と笑った。

「じゃーな、アシェリー」

サミュエルとオリヴァーは手を振りながら去って行く。

二人の背をアシェリーは微笑みながら見送った。

――その時、ふと柱の陰から視線を感じてそちらを見る。

そして互いに見つめ合うこと数秒。おずおずと現れて先に口を開いたのは向こうの少女だった。

「あっ、ああ、あの……聖女様ですよね？　お噂はかねがね伺っております」

そう話しかけてきたのは肩まである黒髪を三つ編みにした引っ込み思案そうな十八歳くらいの少女だ。大きな銀縁丸眼鏡が似合っていない。

「え、ええ。あなたは？」

アシェリーがうなずくと、そばかすの少女は嬉しそうに顔をほころばせる。

（聖女と言われるのは未だに違和感があるけれど……）

皆がアシェリーを聖女扱いするのだから仕方ない。

彼女は意を決した様子で言う。

「わ、私は公文書館の書記官をしております、ニーナ・リースフェルトと申します。ぜひアシェリー様の功績を聖女伝として書物にまとめさせていただきたくて、お願いに参りました……」

「私の書籍を？」

何だかとんでもない提案をされて、アシェリーは目を白黒させる。

ニーナはキラキラした瞳で力強く拳を握りしめた。

「アシェリー様の功績は素晴らしいですから！　その名声をより高めるためにも、書に記すことは必要です」

「えっ、いや……私はそんな……」

さすがにそれは恥ずかしすぎる。今まで何度かそういう提案をされたことはあったが全て固辞してきたのだ。

アシェリーが断ろうとしたが、ニーナは泣きそうに顔を歪める。

「だ、駄目ですか……？　じつは私は公文書館の落ちこぼれで……失敗ばかりするので、このままだとお前を首にすると上司から言われておりまして……アシェリー様の記録係をしてみせるから書記官を辞めさせないでくれ、と大口を叩いてしまったんです。もし、お許しをいただけなければ私は職を辞さなければいけなくて……」

「え、えぇえ⁉」

アシェリーの知らないところでとんでもないやり取りが交わされている。

ここでいつものように軽く拒否してしまえば、目の前の少女は路頭に迷ってしまうのだろう。

（さすがに、やめてくれとは言えない……）

アシェリーが恥ずかしいのを我慢すれば良いだけだ。

内心の葛藤を飲み込み、アシェリーはどうにか笑みを作る。

「そ、そういうことなら構いませんよ。記録を残していただいても」

動揺を抑えきれず声が上擦ってしまったが、ニーナは顔をほころばせた。

「ほ、本当ですか⁉　ありがとうございます！　それでは後日お時間がある時に取材させてください。アシェリー様の語録も残しておきたいので！」

アシェリーの語録という部分に卒倒しかけたが、どうにか踏みとどまる。

「え、ええ……」

少女が恐縮しながら去って行くのを見送りつつも、アシェリーは心が砂のように崩れかけていた。

（あの子の上司に言って、首にするのをやめてもらえば良かったのかしら……）

しかし何か手柄を立てたわけでもない相手を優遇すれば軋轢を生むに決まっている。やはり彼女自身が功績を上げるためにもアシェリーの聖女伝を書かせるしかないのだろう。

そう自身を無理やり納得させていた時、アシェリーの背中に声をかけられた。

「まさかアシェリーが実録を残すことを許すとは」

いつから見ていたのかラルフがやってきて、からかうように言った。

アシェリーは急に恥ずかしくなって唇を尖らせる。

「私だってそんなつもりはありませんでした。でも……」

（さすがにああ言われたら許可しないわけにはいかないわ）

ラルフはクックックツと喉の奥で笑っている。

「まぁ、これでもっとアシェリーの功績が認められるようになれば俺も嬉しい」

「でも私の功績というか、私は提案しただけですし、現場で動いてくれているのは他の治療師達です」

フローラを筆頭に『精霊の民』の協力や、領地で色んな采配をしてくれているヴィレール、そしてデーニックや王宮の治療師達の助力がなければアシェリーはここまでできなかった。

ラルフは、そっとアシェリーを抱き寄せた。

「お前はもう少し自分の手柄を誇って良いと思うぞ」

耳元でそう囁かれて、アシェリーは顔を赤くする。

アシェリーは、ふと思い出して言った。

「アメリアとシュヴァルツコップ侯爵の件で、尽力してくださってありがとうございます」

二人は裁判にかけられ、生涯幽閉の刑に処されることが決まった。

元聖女アメリアとシュヴァルツコップ侯爵は反逆罪で処刑すべきだ、とラルフとクラウスは主張した。議会もそれに同調していた。アメリアは反省する態度を見せなかったし、裁判でも死刑を求める意見が多数だった。しかしアシェリーの嘆願により二人は終身刑となったのだ。シュヴアルツコップ侯爵に協力していた貴族達はすでに爵位と領地を没収されている。

ラルフは肩をすくめた。

「終身刑は生ぬるいと思うがな。アシェリーの頼みだから仕方ない」

「だって死人が出るのは、やっぱり寝覚めが悪いですし……」

そうつぶやくアシェリーに、ラルフは苦笑する。

「アシェリーらしいな」

ラルフの指がアシェリーの落ちてきた髪を耳にかける。そして、そのまま身を屈めてきたので、二人の唇が重なりそうになる。

「ラ、ラルフ。政務があるのでしょう？　もう早く行かないと」

さすがに人目がある場所で口付けするのは恥ずかしい。

「ああ、クラウスを待たせている。だが、もう少しだけ……」

そう言ってラルフはアシェリーを抱きしめた。護衛達は生温かい眼差しで見つめている。

人目を憚《はばか》らないラルフの言動にまだ慣れないアシェリーだ。

(でも、まるで夢みたいに幸せな日々だわ……)

そうして目を吊り上げたクラウスが微笑みながらラルフを迎えに来るまでの間、アシェリーはラルフに抱きしめられていたのだった。

番外編

星降る夜の恋人達

その日アシェリーは、先日約束したサミュエル達との約束の食事のために治療院に来ていた。

アシェリー、サミュエル、デーニック、オリヴァーが食卓に向かい合っている。

机の上の大皿に山のように重なっているのは、串揚げだ。昼時というのもあり、皆の腹はかなり減っている。オリヴァーが待ちきれないという顔で言った。

「まだ食べないの？」

「ああ、そうだな。皆そろったことだし……乾杯するか。アシェリー、飲め飲め」

そう言って隣に座っていたサミュエルがアシェリーのグラスにワインを注ぐ。

「おい、サミュエル。アシェリー様を独り占めするな。僕もやりたい」

オリヴァーにそう言われて、サミュエルが面倒くさそうに答える。

「なんだ？　子供が嫉妬か？」

そう言うとオリヴァーは、むっとしたように頬を膨らませる。

「僕はもう子供じゃない！」

「十二歳はまだ子供だろ」

そんな二人のやり取りをアシェリーは微笑んで眺めていた。

（……ラルフもこうして皆で食事できたら良かったのに）

しかし彼は政務で忙しそうだった。それにさすがに国王を下街の治療院の小さな食事会に招待して良いのか、という問題もある。クラウスだって良い顔をしないだろう。アシェリーだってお忍びで来たのだ。

そんなことを考えていた時、王宮からラルフの遣いがやってきた。男は恭しく一礼をして、アシェリーに言う。

「間もなく陛下がお迎えにいらっしゃいます」

「え？　もう？」

サミュエル達と食事をすると伝えていたのだが、こんなに早く迎えが来るとは思っていなかった。しかし時計を見ると思っていた以上に時間が経っている。

（楽しい時間は早く過ぎてしまうのね……）

食事前に長話をしすぎていたようだ。

「相変わらず過保護だな」

サミュエルが苦笑している。

（まだ皆と一緒にいたかったのに……）

食事もまだ手をつけていないのだ。アシェリーがさすがにどうしたものか迷っていると、オリヴァーが口を尖らせた。

「ええー！　もう行っちゃうんですか!?　もっと一緒にお話ししたかったのに！」

（可愛い……）

少年の素直な反応に、アシェリーは思わず相好を崩した。

デーニックも「残念じゃのう」と寂しそうな顔をしている。

「そうだ！　陛下も一緒に食事をしましょう！」

オリヴァーの言葉に、アシェリーは目を丸くした。

「だって、皆で食べた方が美味しいです！」

そう屈託なく笑ったオリヴァーにサミュエルも苦笑する。

「ま、確かにそうだな。しかし陛下がこんな庶民的な食事をとるかな」

間もなくやってきたラルフは食事に誘われて目を丸くしていたが、予想外にもあっさりと快諾して、結局皆で食事をすることが決まった。

「良いんですか？」

アシェリーが問えば、ラルフは肩をすくめる。

「別に。野営では兵士達と同じ食事をしているし、街に出れば屋台で串焼きも食べているからな」

（そういえばそうだったわ）

ラルフはアメリア達が籠城した時も串焼きを食べていた。その辺は、おおらかで気にしない男なのだ。クラウスなら『王の威厳が』と怒りそうだが、ここにそんな細かいことを気にする者はいない。

ラルフはアシェリーの隣の席に腰掛ける。

「このサクサクした衣がついているものは串焼きか？」

興味深そうにラルフは串に刺さった串揚げ肉を指でつまんで言う。

「それはアシェリー様が考案した新商品ですよ！『串揚げ』って言うんですって」

オリヴァーがラルフに教えている。アシェリーは説明した。

「じつは以前よく行っていた食堂の店主さんが、私の故郷の料理を真似て作ってくれたんです。それで今日、私がこちらに来ると知って店主さんが完成品を差し入れてくれて。甘いソースをつけて食べると絶品なんですよ」

大皿の上には、肉、魚、野菜、卵など色んな具材がパン粉をまぶして高温の油でカラッと揚げられていた。

「評判良かったら正式に店の商品にしたいって店のおやじさんが言っていたな」

サミュエルがそう付け加える。

オリヴァーはキラキラした瞳で「味見させてもらいましたが絶品ですよ！」とラルフに言った。

ラルフはおもむろにソースをつけて、串揚げにかぶりつく。その途端、表情を変えた。

「これは……サクサクして美味いな」

アシェリーはくすりと笑った後、皆に言った。

「さあ、皆で食事にしましょう」

「甘いタレも美味いが、白身魚はレモン汁と塩のシンプルな味付けも合うんですよ」

サミュエルの言葉に、ラルフもうなずく。

「パン粉で厚くした串揚げ肉や野菜ならば安価に作れるだろう。時間をかけずに食べられるなら、労働者の客が多い大衆食堂にぴったりのメニューだな。これはこの国の名物になりえる、素晴らしいメニューだ」

こんな食事の席でも、国益のことを考えているラルフにアシェリーは噴き出してしまう。

「どうした、アシェリー？」

不思議そうな顔をしているラルフにアシェリーは首を振る。

「……いいえ、何でもありません」

（皆でこんなに幸せな時間を過ごせるなんて夢みたい……とても幸せだわ）

そんな気持ちで、アシェリーは微笑んだのだった。


その晩、アシェリーは寝室のテラスで、ラルフと二人きりで過ごしていた。

星読みによると今夜は流星群がやってくるらしく、密かにラルフと楽しむことにしたのだ。

王宮の明かりのほとんどは消されており、使用人達も静かにしている。

涼しい夜風が心地よく頬を撫でる感触や、花の香りが心地良い。

星が流れるまで、まだ少し時間がある。

（ラルフがサミュエル達と食事をとってくれるとは思わなかったけれど……やっぱり仲良くしてくれると嬉しいわね）

アシェリーは昼間のことを思い出しながらベンチに座って夜空を見上げていた。

その時、ふと目の前に影が差す。唇に柔らかな感触を覚えて驚いて横を見ると、ラルフがいた。

触れていたものが離れていく。

「ラルフ……？」

「なんで？　という顔をしているな」

ラルフはアシェリーの心情を見透かしたように、クックツと笑う。

「その……驚いてしまって……」

心臓が跳ねるように鼓動し始め、顔に熱がこもるのを感じる。

もちろん相手がラルフなのだから嫌なわけではないけれど、心の準備をしていなかったので驚いてしまった。

そんなアシェリーの反応をラルフは楽しんでいるようだ。アシェリーの髪を一房すくって口付けを落とす。

「俺の妻は可愛いな」

ラルフの顔が近付き、その吐息が頬をくすぐって、また熱が上がるのを感じた。

「帰り際にサミュエルに言われたよ。『アシェリーを泣かせるようなことがあれば許さない。その時は俺が彼女をもらう』ってな」

「え……？　サミュエルがそんなことを……？」

アシェリーは驚愕と羞恥心で頬を染める。ラルフは拗ねたように言う。

「俺の妻は放っておいたら、いくらでも他の男を魅了してしまうようだからな。サミュエルだけじゃない。オリヴァーだって成長したら油断できない相手だ」

「何言っているんですか！　オリヴァーは子供ですよ」

呆れるアシェリーだが、ラルフは真面目な表情を崩さない。

「恋敵が何人いようが、俺はもう二度とお前を手放す気なんてない。絶対に」

「ラルフ……」

彼はアシェリーを強く抱きしめる。ラルフの背に、そっとアシェリーは腕を回した。

「アシェリー、愛している」

その言葉が胸いっぱいに広がり、幸福感で満たされていく。

「私も、愛しています……」

――そんな二人の仲睦まじい姿を、流れる星々が祝福するように見おろしていた。

本書に対するご意見、ご感想をお寄せください。

あて先

〒162-8540 東京都新宿区東五軒町3-28
双葉社　モンスター文庫編集部
「高八木レイナ先生」係／「まろ先生」係
もしくは monster@futabasha.co.jp まで

前世《ぜんせ》の記憶《きおく》を取《と》り戻《もど》したので最愛《さいあい》の夫《おっと》と離縁《りえん》します～悪女《あくじょ》と評判《ひょうばん》でしたが天才《てんさい》治癒師《ちゆし》として開花《かいか》したら、なぜか聖女《せいじょ》が自爆《じばく》しました～

2024年５月13日　第１刷発行

著　者　高八木《たかやぎ》レイナ

発行者　島野浩二

発行所　株式会社双葉社
〒162-8540　東京都新宿区東五軒町３番28号
［電話］03-5261-4818（営業）　03-5261-4851（編集）
http://www.futabasha.co.jp/（双葉社の書籍・コミック・ムックが買えます）

印刷・製本所　三晃印刷株式会社

［電話］03-5261-4822（製作部）
ISBN 978-4-575-24740-4 C0093